終恋

SHUREN

高生椰子
TAKABAE YAKO

幻冬舎MC

終恋

―SHUREN―

目次

Ⅰ 胸騒ぎ……6
Ⅱ 再会……27
Ⅲ 終活……37
Ⅳ 船出……78
Ⅴ 葛藤……115
Ⅵ 今を生きる……146

初恋から45年後の再会
歩んだ人生は違っていたが、想いは同じだった。
45年間を埋めるように最後の恋に賭けた二人。
終活の中での終恋《しゅうれん》、
残された時間は限られている。
たとえ何があっても、
私たちはこの恋を決して後悔はしない。

てつや
ことり

Ⅰ　胸騒ぎ

小春日和の午後、私は職場の自室で書類の整理をしていた。外の気温は低いが、西向きのこの部屋は午後の柔らかい日差しが微睡《まどろみ》の時をくれる。

その時、一通のショートメールが着信した。見覚えのない携帯番号だった。

「相原てつやです。突然に失礼します。
お元気でしょうか？
森本君に連絡先を教えてもらいました。
私は元気にしております。」

「相原てつや」45年前の初恋の人、私が16歳から24歳まで付き合った初めての「男（彼氏）」、同じ高校の一学年上だった。

私が所属する美術部の部室によく出入りしていた。女子の多いクラブにはどこへでも行っていたように記憶している。茶道部は部員がいなくても勝手に茶室に出入りしていたようだ。

初めて彼を見たのは私が美術部に入部してすぐの頃だった。美術室に元気よく入って来て新入部員達を見てこう言った。

「やあ、みんな元気かい、部活動に励んで高校生活を大いに楽しんでくれたまえ。困ったことがあれば、俺が相談に乗ってやるから」

私たちはみんなポカーンとしていた。

……この人誰？

……部員じゃないよね。

その後すぐに彼は美術室を出て行った。「変な人」と他の新入部員たちは言っていたが、私はなぜか彼のことを素敵だなと思った。そして、時々美術部をのぞいてくれるのを楽しみにしていた。

私たちが付き合い始めた時のことはよく覚えていないが、別れた時のことははっきり覚えている。

私が看護学校を卒業し、初めて病院勤務をしたすぐの頃だった。

「もう会えない？」

「お前が婦長（師長）になったら会ってやる」という会話から37年になる。

私は師長にもなり、今や部長にまでなってしまった。37年前に捨てられたけれど、私はずっと彼のことを想っていた。捨てられた腹いせにすぐ別の男と結婚したが、腹いせ結婚など続く訳もなく間もなく離婚した。その後また別の男を作り、結局バツ2になってしまった。それでも彼のことは心のどこかにいつもあった。

私、小鳥遊志津恵《たかなししづえ》、61歳。看護師歴37年、独身（バツ2）個人病院の看護部長として業務に追われる日々を送っている。

「タカナシです。今は姓が変わって東野と申します。

突然のメールで驚きました。

私も元気にしております。まだまだ現役でナースをしております。」

「驚かせてすみません。

病弱でひ弱な男の私には憧れのナースさんを続けておられるのですね。」

突然のメール。40年近くも音信不通であったのに、こんなことってあるのだろうか。神様の悪戯か、それとも神様が私を試しているのだろうか。

でも、どうして今更連絡なんかしてくるのだろう。もしかして、お金に困っているのだろうか。

「相原さん、何かお困りのことがあるのですか？」

「この歳ですから……それなりに年相応のことはありますが、特に主だった病気はありません。認知症もないようです。君のことは忘れていませんから。」

私だって忘れてなんかいない。彼が家業を継いで会社の社長になったこと、その会社がショッピングモールにお店を出していることをネットで調べて知っていた。いつかそのお店をこっそり訪ね、遠くから彼を見て、「ああ、年取ったなぁ」って、一人で笑って昔の思い出を懐かしみたいと思っていた。なのに、そちらから連絡してくるなんて想定外。それでは私の計画が狂ってしまう。

「私も忘れていないですよ、若かった頃の素敵な思い出なので、私は山あり谷ありの人生だったから、老後は穏やかに過ごしたいです。

　ご連絡ありがとうございました。」


　ところが、そのお店の情報が一週間くらい前にネットで見ると載っていない。まさか倒産したのか。彼に何があったのだろうか。会ってみたい。でも何かトラブルがあるのかもしれない。このまま一回きりのメールで終わらせてしまうのか、どうする私……。

　逡巡《しゅんじゅん》していると、追い打ちをかけるように彼からメールが来た。

「これ以上は連絡しないほうがいいですよね。

　死にかけたら、ナースさん助けて～って連絡しますから。」

そう、これ以上彼と関わってはいけないと頭でわかっていながら期待している自分がいる。死にかけたらとか何とかメンドクサイことを言って、彼も期待しているのかもしれない。

しかし、この段階ですぐに会ったりすれば、あまりにも軽々しい女に思われるかもしれないし、彼に何らかの事情があって、厄介なことに巻き込まれても困る。

どう返せばいいだろう……。

「そんなに固く考えなくてもいいですよ。

いつでも何でも気楽に相談してくださって大丈夫ですよ。

私は独身なので、怖い旦那は出てきませんから（笑）。」

最初の結婚は、2年足らずで終わった。私は小さな府営住宅に住んでいる両親の元に出戻りした。別れた時、私は妊娠しており、シングルマザーで娘を産んだ。

父は脳梗塞で自宅療養中、母には父の介護と私の娘の世話をしてもらっていたので、働き手は私一人だけだった。

必死になって働いた。35歳の時に病気になった。生活費の面倒を見てくれるということで2回目の夫（東野）と内縁関係のような付き合いを始めた。入籍はしなかった。

娘が東野に馴染めず、私は自宅と東野の家を往き来する二重生活をしていた。東野は私より23歳年上で離婚歴があった。飲食店を3軒経営する会社の社長ということもあり羽振りは良かったが、私以外にも付き合っている女性は何人もいた。

私は両親と娘の生活費を工面する必要があったので、女性関係は見て見ぬふりをしていた。生活の面倒を見るといっても、ただお金を貰うだけでは愛人関係みたいで自分のプライドが許さなかった。また、東野は計算高い男であったため自分の経営する飲食店で私を働かせることで店が繁盛すると考えていた。

水商売ずれしていない素人がお客には新鮮味があるというのが理由だった。私は昼間訪問看護師として働き、夜は東野の経営する飲食店で働いた。

東野とは女性関係のことで何度も別れてはヨリを戻し、かれこれ20数年が過ぎた。

もう一切関わるのは止めようと思い、今の病院に転職したのをきっかけに神戸に転居し、携帯番号も変えた。

今の病院に来て1年目の春、突然東野から病院に電話がかかってきた。

「やっと見つけた。ワシは癌であと1年ぐらいしか持たないから最後は一緒に暮らして欲しい」

そんな甘い言葉に引っかかり、転居した神戸の自宅を処分し東野の元へ行き、言われるがまま入籍もしてしまった。この時はバツ2になるとは予想もしていなかった。

東野は余命1年と言いながら、食欲もあり、とても癌末期の患者には見えなかった。確かに数年前に比べ痩せていたが、生きる意欲は若い時と変わらない、いや若い時以上に精力的で、何にでも興味を持った。残された時間を全て自分の思いのままにしたいという執念のように見えた。

80歳を過ぎても女性に対する執着心は強く、性欲もあった。しかし、60歳を目前にした私には東野の要求に応えることは出来なかった。

「ワシはもうすぐ死ぬ」と言いながら、性欲を満たすため数人の女性と関係を持ちながら、私には病院の付き添いや家政婦のようなことをさせていた。

東野の病状は良くなかったが、病気と寿命は違うものだと多くの患者を見て知っていた私は家政婦であろうが、ヘルパーであろうがそんなことはどうでもよかった。ただ、病人を放っておくことは出来なかった。

入籍して1年目に東野は入退院の頻度が増えた。そろそろお迎えが来るのかな、と覚悟をしていたが、入院の度に知らない女性が病室に面会にやって来る。金遣いも徐々に金額が大きくなってきていた。

「ワシはもうすぐ死ぬんや。
ワシの金や、何に使おうが勝手やろ、
そんなに嫌なら別れてやる」
と啖呵を切られたので、すんなり離婚に応じ、バツ2になってしまった。
「死ぬ死ぬ詐欺」に遭ったようなものだ。
その後、東野は新しい女性と楽しく過ごしているということを共通の知人から聞いた。
離婚して1年後に東野は亡くなった。
8か月前のことだ。

東野が亡くなってから自分の身辺がすっきり綺麗になった気がした。もう誰と付き合うこともないだろうし、誰かを愛することなどありはしないと思っていた。
でも、心のどこかでありのままの私を大切に想ってくれる人がいて欲しいと思うこともあった。

そんな矢先の彼からのメールは何なのだろう。

「あれ、
独身？
だったら、お食事などお誘いしても
いいのですか？」

そう来たか、何か先方さんえらい話が早い展開じゃないか。そっちは奥さん、子どもがいることくらい私は前から知っているし、やっぱり何か魂胆があるに違いない。

一回だけ食事に行って、「実はお金が……」とか、「妻とは上手くいっていない」とか。私、しっかりしなくては……。

会ってみたい気持ちはあるが、お互い歳を取り過ぎて、昔の面影もなく幻滅するのも嫌だ。それとも彼に今の私を見てもらって、幻滅させるのはどうだろうか。

「勤務先の病院のホームページに私の写真が載っています。こんなオバさんで大丈夫ならお誘いください。」

現実を見たら思い直すかもしれない。最後に会ったのは37年前だからスタイルも良かったし、何しろ若かった。

「拝見させていただきました。
初心を貫いて部長さんですね。
さすが〜
全然変わってないですね。
お住まいはこの近くですか?」

何を言っているのだろう、私は初めから部長になるつもりなんてなかった。あなたが「婦長（師長）になったら会ってやる」って言ったから、いつのまにかこの立場になったのです。全然変わってないことなんてない。もうすぐ62歳のババァです。

こうやって調子のいいことを言って、自分のペースにもって行こうとするやり口なのかもしれない。

「お住まい」は病院の近くだったけれど、諸々の事情で転々としたのです、と言いたい。電話番号を教えた森本君は彼のクラスメートで、森本君と私は同じ美術部だった。

森本君とは卒業以来、年賀状のやりとりだけで40年くらいになる。森本君は私の電話番号を教えたが住所までは教えなかったようだ。

「近いうちに食事でも行きましょう。

都合の良い日を教えてください。」

食事か。夜は何となく危険かもしれない。
昼間にしようか、アルコールはやめておこう。
どこへ行く？
何を着ていく？
ヘアサロンの予約をしようか、
いやいや、無駄なお金を使っても……。

いや、きっぱり断ろう。
何十年かぶりに会って、お互いの現実を見て嫌な気持ちになるより、今のままなら思い出を大切にしまっておける。
さて、どうやって断ろうか、

「タカナシです。
昨日はご連絡をいただき、ありがとうございました。
お会いしたい気持ちはありますが、恥ずかしいので、
やはり遠慮しておきます。
でも、相談ならいつでもどうぞ連絡してください。
お力になれることがあれば、お手伝いしますね。」

「恥ずかしいなんて、
私は小山君をはじめあらゆる手段を使って、何とか連絡を取りたい一心で
君を探したんだ。」

小山君って誰だろう、本当にこの人は「相原徹也」だろうか。もしかしたら、
昔の私たちのことを知っている誰かが面白半分でやっているのかもしれない。
メールだけでこの人が相原徹也だという証拠はないし、何か疑わしい。よし、

明日にでもきちんと聞いてみよう。
（小山君は彼のクラスメートで情報通であるという事は後で分かった）

翌日の夜、私は彼にショートメールを送った。

「夜分にすみません、タカナシです。
歳を取ると疑い深くなって、あなたが本当の相原さんか確認したくて、
もしかしたら、新種のオレオレ詐欺かもしれないってね。
最近は巧妙な手口も多いしね。」

私はあえて失礼な言い方をした。その反応を確認したかったからだ。
返信が来たのは一時間以上経ってからだった。

「なにわ朝日高校

クラブ活動振興委員長
初恋
初◯
茶道部茶室
これでどう？
まだ疑う？（笑）」

……当たっている。
茶道部茶室って何だっただろう。
あっ、初◯
これ、二人しか知らない秘密、
「相原徹也」本人だ。

私は思わず返信していた。

「今、電話しても大丈夫ですか？」

何を話したのか覚えていないが、彼の声は昔のままだった。

「電話、ありがとう。
久々に聞いた声、
嬉しかった。」

私も同じ気持ちだった。そして彼のペースに乗せられて会う約束をしてしまった。

やはり不安だ。別れた元カレが元カノに会いたくなる男の心理というのをネットで調べてみた。まぁ、さまざまな理由があるようだが、40年近く会わず、今になってどんな理由があるというのだろう。

私は高校時代からの長い付き合いの男友達に電話してみた。

「俺だったら、会わないなぁ、何かあるで、それ」

やはり男の目から見てもそうか、危うく引っかかるところだった。しかし、会う約束をしてしまったからには一回は会おう。彼がどんなオジサンになっているのかを確かめたかったのだから。

突然のメールから4日間、浮ついた気持ちになっていた。男友達が私に言った、「何かあるで、それ」という言葉が気になった。何があるというのだろう。


会う約束をした前日に彼から妙なメールが届いた。

「人命救助出来なかった。人工呼吸はしたのだけど、私には無理だったのかな。

トラウマになるわ。

明日、話聞いてね。」

何、このメールの内容、誰にどこで人命救助したのだろう。何があったのだろう、本当のことだろうか、夢なのか幻覚なのか……。

彼、脳の障害でもあるのかしら、何か嫌な予感がする。

「明日、話聞いてね。」って言ったところで変な話なら聞きたくないのが本音だ。「そんな話は聞きたくない。」って言ったら、きっと彼は凹むだろうな。昔は神経が細やかだったし、末っ子の甘えん坊だったな。

ここは大人の対応と言うより、母親の対応だろうな。でも、相手は還暦を過ぎたオジサンなのだから、言葉遣いは丁寧に、他人行儀に振る舞うべし、と自分に言い聞かせ、あれやこれやと想いを巡らせているうちに時間は深夜を過ぎていた。

あと10時間程で運命の再会になるのか、と思うと心臓が飛び出しそうなくらいの動悸がする。自分で脈を取ると、不整脈が連発していた。自律神経の乱れは睡眠にも影響し、朝まで一睡も出来なかった。

Ⅱ　再会

待ち合わせ場所である梅田駅前のビルに着いたのは約束時間の15分前だった。一階の書店で10分程雑誌の立ち読みをするが、文字が頭に入ってこない。5分前に指定したエレベーター付近に移動すると何となく彼に似た細見で小柄な男性がリュックを背負って立っていた。

ちょっと似ているけれど違うはず。彼が社会人になった時はいつもスーツ姿できちんとしていた。高層エレベーター乗り場まで行くが誰もいない。もしかしてあの人なのか、スマホをいじって遊び人風のチャラい兄ちゃんみたいで、とても60代のロマンスグレーには見えない。

ソワソワと落ち着きがなく、本当にこの人が彼なら会いたくないな、このまま帰ろうかな、と思っているとメールが来た。

「中階層のエレベーターの入り口にいます。緑色のジャンパーを着ています。」

ああ、やっぱりと、少し残念な気持ちになった。恐る恐る近づいて行くと私を見て、「やあ」と言ったように見えた。

「タカナシです」と言うと、「知っているよ」と笑顔で返されてしまった。待ち合わせをしているのは私とだから、わざわざ改めて名乗る必要はないよ、という含みのような微笑みだった。

ビル高層階の和食レストランでランチを食べることにした。メニューはお手頃ランチセットにした。アルコールは飲まないと決めていた。ところが彼が聞いてきた。

「ビールは?」

「お車じゃないの」

「違う」

「じゃあ、飲む」

という自分の意志の弱さを情けなく感じた。

私は、昨日の妙なメールのことを聞いてみた。彼は昨日、仕事で京都のホテルに一泊した。宿泊したホテルの大浴場で見知らぬお爺さんが意識不明の状態で倒れているのを発見した。心肺蘇生を試みたが助けられなかったということだった。

説明がなければ、変なメールだと思う。説明が下手なのか、面倒なのか、こんな人だっただろうかと37年の経過《とき》を感じざるを得なかった。

私たちは他愛もない話をしながら、お互いの近況を報告し合った。そんな会話の中で彼が私に対して45年前と同じ呼び方をするのが気になった。

「小鳥遊《たかなし》」とは読みにくい苗字なので、学生時代から皆は私のことを「ことり」と呼んでいた。彼もそうだった。付き合っている頃から私のことを下の名前で呼ぶことはなかった。

恋人同士でも友達と同じ「ことり」で呼ばれていた。その呼び方を今彼がしているることに違和感があった。

親しみを込めてなのか、馴れ馴れしいのか、37年ぶりの再会とはいえもう少し改まった呼び方はないものかと思ってしまった。

それに対して、私は一貫して「相原さん」と言うことにしていた。私のせめてものアピールのつもりだったが、彼は気にも留めていない様子だった。

食事はランチということもあり、リーズナブルな値段だった。お値段の割には良い食材を使っていた。普段の私ならきっと美味しくいただけただろう。けれども今日は味がまったく感じられなかった。

彼との会話も何を話したのかよく覚えていない。一回きりの再会だから……、次はないのだから、ゆっくり彼の顔を見ておきたいと思っても私の脳が現在《いま》の彼の顔を認識しない。45年前の彼の顔にしか見えないのだ。

私たちは一気に45年前に戻ってしまった。彼も私も一緒に過ごした日々を覚えていた。あの頃の甘く切なくキュンとした胸の高鳴りが蘇り、45年間の空白を埋めていくようだった。

一時間半の短い再会……。

彼に携帯のメールアドレスを教えた。

食事が終わると大阪駅まで送ってくれた。
大阪駅御堂筋口、45年前は東口と呼ばれていた。
「初めてのデート、ここから京都の保津峡に行ったこと覚えている？」

「いや、ことりよく覚えているなぁ」

改札口で向き合って握手をした。

「じゃあ、ここで。

ことり……今日はありがとう。

人がいなかったら、抱きしめたいな」

私も同じことを考えていた。ここが大阪駅ではなく、海外だったら、きっとハグする場面に違いない。

「……何か、泣きそうになるわ」

やっとの思いで答えた。

彼はホームに向かう私に手を振り、振り返ってもまだ振ってくれていた。

45年前もこんなことがあったね。涙をこらえるのがやっとで列車に乗り込んだ。


自宅に着くと携帯メールに着信があった。彼からのメールだとすぐに分かった。メールアドレスが彼の好きだった曲の題名だからだ。

〈件名〉相原です
今日はありがとうございました。

〈件名〉タカナシです
こちらこそありがとうございました。
この37年間、心にあったモヤモヤが消えたような感じがします。
相原さんが昔のままで良かったです。
また、いつかお逢い出来るまでお互いに元気でいましょうね。

彼が昔のままで良かったというのは嘘だ。梅田駅前のビルで待ち合わせをしていた時の彼の印象は良くなかった。何か疲れているというか、憤りを感じているという風に見えた。

でも、会話をしていると次第に緊張がほぐれたのか優しい眼差しになった。年齢を重ねても「眼」だけは昔のままだと気づいた。今の本当の彼はどれなのだろう。第一印象は大切だ。

食事中に話した内容はよく覚えていないが、元カレが元カノに再会したい、つまり彼が私に逢いたかった理由を聞いたことは覚えている。

「どうしてまた逢おうと思ったのか、次の選択肢から選んでくれる?

【1】お金に困っている金貸して~

【2】Hに困っているやらせて~

【3】ただ、何となく寂しいから~

【4】昔のことが懐かしいから~

私が考えたのはこの4つだけど、どれかしら」

【1】については完全に否定していた。現在の仕事は別の自営をしており、別段生活に困っている様子ではなかったが、それを確かめるすべもなく本当のところはどうなのだか分からない。

彼は冗談で理由は【2】だと言った。男性の多くは、女性に対し下心な気持ちを持っている動物だから、まんざら嘘ではないだろう。

実のところ本人もよく分からず逢いたかったという単純な理由でうやむやになってしまった。

もし、また彼と逢うことがあるのなら数年後とか共通の友人の葬式くらいだろう。それで良しとしよう、と自分に言い聞かせた。でもせっかくの再会をこのまま終わらせたくない、もう一度やり直したい、という本音を否定することは出来なかった。

彼には家庭がある。このままズルズルいけば不倫街道まっしぐらになるのも分かっている。頭で分かっていても彼から最初のショートメールが来た時から私の中では彼への想いが膨らみ始めていた。

いや、でもちょっと冷静にならなくては、彼の再会理由が実のところ分かっていないではないか。ましてや彼がまた誘ってくれるかどうかも分からないのに、私一人で盛り上がってしまっている。

Ⅲ 終活

翌日彼からメールが届いた。

〈件名〉てつやです
お互いもう歳なのだから物忘れがないうちに何度も逢っておきたいな。
時間が合えば気楽にランチや飲み屋で一杯なんて、どうかな。
ことり、覚えている？
私が足の骨折で入院した時、ことりが病院に見舞いに来てくれたこと。
上本町の病院、
あの時も劇的な再会だったけど、今回はこれで終わりにしたくない。

やっぱり二人は何かあるんだなぁと思うんだ。

私は彼が足の骨折で手術し、入院中に面会に行ったことなどすっかり忘れていた。あれは何年前だろう、私は2回目の転職先で上本町の病院から来たというナースと仲良くなり、彼のことを聞いて面会に行ったことを思い出した。だとすれば、33年くらい前だろう。

一回きりの再会だった。彼は退院しても私には連絡をくれなかった。彼は私になど興味はなかったのだろう。しかし、今回はこれで終わりにしたくないと言う。私と同様に彼も今後も逢いたい気持ちを持っていることが分かって少し安心した。

ただ、二人は何かあるんだなぁ、と暢気なことを言っているが、私は彼に捨てられたと思っていたから彼には未練たらたらだった。もし何かあるとするなら、それは私の「怨念」しかないだろう。

〈件名〉ことりです

こんばんは、メールありがとうございました。二人が何かあるのだとしたら、それは私のあなたへの想いです。

今回あなたと再会して自分の気持ちを素直に確認することが出来ました。

私はあなたのことを忘れることが出来ませんでした。

でもこれは過去形です。

これからは62歳になった相原徹也さんと

61歳になった東野志津恵として、

新しい関係で残りの時間を楽しく共有したいです。

私は一つのことを除いては人生に全く悔いはありません。何があっても受けて立つ覚悟でおります。

ちょっと重くなってすみません。

3日前の再会で私たちは45年前にタイムスリップした。あの頃と同じ声、同じ瞳、温かい時間が流れる。でも45年前からやり直すことなんて出来やしない。この45年間に2度の結婚、離婚、両親の死があり最終的に一人になった。

一人は寂しいと言うが、自由気ままに送ってきた人生なので後悔することなどなく、残さなければならない財産もなく気楽なものだ。

ただ、私は一つだけ許されない罪を犯してしまった。そのことだけが心に重くのしかかる。たとえ、私が死んでも償いきれないことだ。

娘が8年前に自死した。

娘は2度目の夫となる東野に馴染めず心が壊れていった。何度もリストカットを繰り返し、何度も自殺未遂を図った。最終的にマンションの踊り場から飛び降りた。それでも命だけは助かった。

どんなに後遺症が残ってもいい、植物状態でもいいから家に連れて帰りたかった。入院して5日目に急変し脳死と判定された。

それから生命維持装置で14日間、心臓だけは動いていた。娘の身体は徐々に朽ちていった。皮膚は黒ずみ身体中の細胞が腐っていくのを見せつけられた。地獄だった。娘は私が殺したのも同然だ。私は幸せになる資格などない、昔の思い出に浸って喜んでいる場合ではないはずだ。

彼には家庭がある。そんな不倫の果ては悲しい結末しかないだろう。

気になることがある。再会した日に彼は何度も言っていた言葉がある。

「終活」というその言葉とその時に見せる暗い表情、彼はこの再会で何をどうしたいのだろうか。

〈件名〉てつやです
「東野さん」って苗字が変わったら、
「ことり」って呼べないのかなぁ。
なーんか、「ことり」はてつやのものって感じだけど、「東野さん」じゃ人妻に手を出している感があるなぁ（笑）。

まぁ、それはそれで新鮮味があるけど。
「終活」にことりが加わった。
身辺整理をしていく中、排除が多いのにこの場で加わるということは一生
涯大切な人なのだろう。
45年間、心の片隅にいたという事実があるのだから……。
まずは、5年後を見据えて楽しく毎日を生きて行こう。
たまには【2】があってもいいかもね。
やっぱり目的は【2】かぁ〜(笑)。
〈件名〉ことりです
呼び方は昔のままの「ことり」がいいです。でも中身はおばさんになった
「ことり」なので、その現実は受け止めてください。
「ことり」は「てつや」のものって、おっしゃっていただき、女冥利につき

ます。
今死ぬことが出来たら、最高の幸せなのでしょうね。

私たちの最後の恋がスタートした。メールで言ったように私は今が61年間の中で一番幸せを感じていた。これから先はバラ色ではないことは分かっている。先々の不安より現在《いま》この時間《とき》で止まってほしい。

その不安はすぐにやって来た。あれから、2日間メールが来ない。自分から何度もするとストーカーのように思われるから、現に私は彼のことをネットで調べたりしていたので自分ではストーカー的だと思っている。

メールはしばらく我慢しようと思っていたら、早朝の通勤時間に着信があった。

〈件名〉おはよう

今日は出張です、日帰りね。
今死ねたら幸せって言うけど、死んだらどうなると思う？
今私が死んだら、ことりの周りを天使のように羽が生えて飛び回るのかな。
私は死んだら、「永眠」という言葉どおりだと思います。
行ってきま〜す。

彼が言っている「終活」は「死」を意識しているのだろうか。死ぬような目に遭った話をしていたのを思い出した。まぁ、彼も盛りだくさんな人生だったと言っていたから、苦労もしたのだろう。

人間は60年も生きていると多くの人生経験を積む。私も嫌なことが少なからずあったけれど、今では苦労したとは思っていない。それらの経験があって今の私がある。

「あっという間の人生だった」と言われることは多いが、私にとってはこの61年間は時間の流れがとても長く感じられる。それだけ変化に富んだ日々だったのかもしれない。

〈件名〉Re：おはようございます
朝早くからの出張お疲れ様です。

今日は朝一番にメールをいただいたので、嬉しくて業務がはかどっています。

死んだら、永遠の眠りではなさそうです。

49日まではコッチの世界をうろうろします。コッチの世界に未練がなくなったら、アッチの世界に行きますが、時々またコッチの世界を覗きにきたりします。

死んでも結構忙しいようです。

まぁ、誰も私の言うことなど信用しませんけど。

夕方から雨のようです。お気をつけてお帰りください。

お疲れが残りませんように。

私には若い頃から不思議な体験をすることがあった。霊体験というものだ。看護師になってそれが強くなったので、とある霊能者に相談した。

「あんたは憑きやすいから、その能力は封印しなさい」と言われた。確かに私は小さな頃から霊の存在を感じることがあり、夜は怖くて一人で寝ることは出来なかった。霊能者に言われたようにずっと封印していたが、娘が亡くなる少し前から再び霊感が強くなっていた。

それはともかく、日帰り出張って彼は一体どんな仕事をしているのだろう。あれこれ聞くのも嫌らしいか、自営業と言っているのだから、そうなのだと単純に理解しておこう。

もし、彼が金銭的に困っていて
「お金貸して」

と言われたら、こう言おう。

「貸すのは嫌、でもあなたに投資するなら構わないけど、その代わり二度と連絡しないから」

投資っていくらならいいかな、50万円くらいかな、何かせこいな……。男前なオバさんなら、５００万円くらいかな、１０００万円かな、やっぱ投資は取り消して、「お金貸して」と言われたら、「バイバーイ」とメールしてジ・エンドだろう。

〈件名〉死後の世界
死刑囚でも般若心経の写経をして、これだけ反省しましたから、極楽浄土にやって下さいって言う。その身内も反省して一緒に極楽浄土に行きました。

クリスチャンはアーメンって言えば、天国へ召されます。

凡人は身内に見守られ、簡単に極楽浄土に行きます。

その方程式から言うと、お寺の坊主は皆極楽浄土に行けます。

天国と極楽浄土は同じ地として、私鉄で行くかＪＲで行くかの違いです。

たくさんの死者がそこへ行けば大混雑です。と考えたら、地獄は空いているし、ゆっくり釜風呂に入って、メス鬼が背中を流してくれるなら地獄のほうが楽しいなぁ。

何とも奇妙でグロテスクなメールが来た。彼の心の中ってこんなにドロドロしているのか、かなり引いてしまう。やはり脳に障害があるのか、ちょっと恐怖まで感じる。ホラーが好きなただの「ホラ男」ならいいけれど。

〈件名〉ちょっと病んでいる?
先ほどのメールはかなり引いてしまいます。
大丈夫ですか?

〈件名〉Re:病んでないよ
ここは笑えるところだと思うんだけどな。

相原版の「天国と地獄」だよ。

返信に気が付いたのは業務が終わってからだった。第3月曜日、病院の会議が目白押しで帰宅は遅くなる。ＪＲの駅まで20分歩き、やっとの思いで快速電車に乗り込む。携帯を取り出すと着信のサインに心が躍る。

私はすぐに彼へ返信メールを送った。

〈件名〉病んでなくて良かった
昼間は失礼なことを言ってごめんなさい。相原流ブラックジョークは、
ちょっと過激でホラーですね。
会話なら笑えるけど文字にすると怖いね。
相原さんは出張から帰られましたか？
お互いにお仕事お疲れ様でした。

列車から見える神戸の海は穏やかだ。

真っ黒の海岸から時々船の明かりが見える。ゆっくり流れるクルーズ船、月明かり、淡路島のシルエット、ここの景色が好きだった。だから住まいもここにした。死んだ娘が「来たい」と言っていた。

東野との最後の生活がなかったら、ここに居ただろう。今とは違った人生を送っていたに違いない。しかし、東野との生活が現在《いま》へと続く過程だったのかもしれない。

ゲスでグロなブラックジョークは笑えない。きっと彼は病んでいる。そのことに本人は気づいていていない。

〈件名〉病んでないよ〜

今日の出張はコンサルしているクライアントからプレゼンを頼まれた仕事でした。

私の話はわき道にそれながら本筋に入るようにしているので、ことりのメールをヒントにして死後の世界とか黄泉の国の話をしてお客様に喜ばれました。

昔から彼は目立っていた。行動力、発言力があり、憧れの存在だった。美術部の発表会の時に彼も参加していた。片づけに時間がかかり帰宅が遅くなった。

「ことりを送ってやってくれ」と先輩が彼に私のことを任せた。45年前、彼はバイクの免許を取ったばかりで粋がっていた。

彼はバイクの後ろに私を乗せた。

「家どこ？」

「太子橋」

「南河内の太子町？」

「違う、大阪旭区の太子橋今市」

「……（知らん）。そこまでは送られへんから、どこまでやったら分かる？」

「天六くらいやったら地下鉄乗って帰れる」

そんな会話だったと思う。二人で喋ったのは初めてだった。バイクに乗るのも初めて。

ましてや密かに憧れている男性。

「しっかり持たなあかんで」

「うん……」

「違う、もっと抱きつかんと落ちるで」

彼の背中にしがみついた。何が何だか分からなかった。ドキドキしていた。

初めての恋のスタートだった。

〈件名〉おはようございます
昨日はお客様に大うけで良かったですね。
相原さんは話題も豊富だし、お話もお上手だし、頭の回転は昔から良かったので、きっと人気者だと思います。

何しろ、なにわ朝日高のエンターテイナーでしたからね。終活っておっしゃるけど、それだけの才能と行動力がおありなら、まだまだ現役で頑張っていただきたいです。

終活と言えば、私は独り身なので、だいぶん前から断捨離をやっています。残りの人生は自分らしく無理しないで、慎ましやかにと考えています。人生は面白い、楽しみながら「終活」をやっていきましょうね。

私が終活を始めたのは10年くらい前からだ。初めは転居を繰り返すうちに断捨離にはまり、ミニマリストを目指していた。シンプルな生活は物欲をなくしてくれた。最小限のものだけで生活することは部屋だけでなく、心もスッキリさせてくれた。

そのうちに自分の「死」を意識するようになった。独り者の私にとっては死んだ後の細かい処理をしてくれる家族はいないので、死後事務委任契約を65歳になったら依頼しようと思っている。病気になっても延命治療は受けたくないので、尊厳死を尊重する団体にも入会した。

両親の墓は、兵庫県の山奥にあり、訪れるのは私と娘くらいだった。車がなければ不便で行けないため「墓じまい」をし、両親の骨は天王寺にある寺に「お骨仏」として供養した。今では両親と娘はお骨佛として綺麗な仏様になり、多くの人たちに手を合わせてもらっている。そのうち私も納骨してもらうつもりだ。


52歳の時、運転中に危うく自転車と接触しそうになった。夜間の運転は対向車のヘッドライトが眩しすぎて見えにくい。とうとう視力も運動神経も衰えたか、と思うと怖くなり車を手放すことにした。娘がとても気に入っていた車だった。娘はいつも助手席に座り、アイドルのCDを聴いていた。

身辺を整理することは気持ちが良かったが、車を手放す時は、中古車屋に引き取られる白い軽自動車を見送りながら、娘と二人で泣いていた。

心が壊れていく娘であったが、調子の良い時もあった。そんな時は一緒に買い物に行ったり、料理を作ったりした。

私は幼い頃から自分が貧しい家であったことが嫌で、娘に貧乏はさせたくなかった。人並みの生活、借家ではない自分の家を持つことが私の夢だった。

27歳で初めてマンションを購入した。ローンを返済するのは大変だった。病院の給料だけでは足りなかったので、他の病院で夜勤のアルバイトや友人のスナックで働いたこともあった。多い時には四つのバイトをかけもちしていた。家には夜勤明けで仮眠を取るためだけに帰り、その日の夕方にはまた夜勤に行っているという生活だった。娘のことは母親に任せっきりで構ってあげることはできなかった。

35歳の時に婦人科の病気になり、子宮と卵巣全て摘出した。その後、後遺症でうつ状態となり自己免疫疾患になった。

その時の体重が37kg、そんな時に東野と知り合った。

いや、ちょっと待て、その37kgの時に私は自分の死を覚悟した。東野と知り合う前、私は相原徹也と会った記憶が蘇ってきた。私の自宅近くに彼を呼び出して、たった10分足らずの再会をしている。死ぬ前に一度逢いたいと思った。私のことを覚えておいてほしかった。当時彼は結婚し、子どもが生まれたばかりだった。奥さんの話をする時は、眼を細めて語ってくれた。こんな優しい顔を見たことはなかった。私は嫉妬の感情は湧かなかったが、ただ悲しいとだけ思った。たぶん25年くらい前だ。

私は記憶違いをしていたようだ。40年近く会っていないというのは私の脳が不要な記憶を冷凍保存していただけで、相原徹也と再会したことで、その一つひとつが解凍されていっているようだ。そんな記憶は思い出したくない、悲しすぎる……。

〈件名〉あれから45年

高校時代、私はことりほど賢くはなかった。

ことりを筆頭に皆に（女性ばかりですが）いろいろ教えてもらって、あの立場だったので感謝しております。

そのお陰で今の自分があります。

なぜか、高校、大学、社会に出ても、独立してからも、ことり以外は全て年上の女性にお世話になりました。

今、現在もおばちゃんに大人気！

私が若い子にモテたのは、ことりだけだったかも～

〈件名〉Re：あれから45年
45年前、私は純情可憐な女の子でした。
頭は良くありませんでしたから、そこのところは相原さんの記憶違いです。
相原さんの聡明なところに私は惹かれていたのですから。
カッコ良かったです、今もね。

付き合い始めたのはバイクで送ってもらってから一か月後くらいだったと思

う。おしゃべりばかりしていた。学校で会うだけでは時間が足りなかった。当時は携帯もポケベルさえもない時代、家に帰って電話で長話をしていると親に叱られる。私たちはノートをそれぞれ一冊ずつ準備し、交換日記を始めた。それを提案したのは彼だった。

日記の内容は他愛もないことばかり、学校の話題や流行の音楽の話、時々「好き」だとかデートの計画やら、あのノートどうしただろう。私は彼に捨てられた時にゴミと一緒に捨てたと思う。彼が私を捨てたように……。

今やっているメール交換は当時の交換日記のようだ。彼はメッセージアプリの「ＲＩＮＥ」を勧めてきたが、私はＲＩＮＥが嫌いだ。

既読を見て安心する。既読なのになぜ返信が来ない、仲間とつながっている、仲間って何なのだろう、独り身の私にとっては仲間がいるのは羨ましいというより面倒なだけだ。

それから、携帯やメールも苦手だ。娘の最後のメールを思い出す。

「死にたい……」

最後のメールに私は返信をしなかった。

以前に勤務していた病院ですでに看護部長だった私は部長経験が少ないこともあり、業務をこなすのが精一杯で娘の声を聴く余裕はなかった。一緒に死んであげれば良かった。今となっては悔やむだけだ。それから2年間、携帯は持てなかった。

〈件名〉あれから1週間（ことり）

あれから1週間、お逢いしてから2～3日は夢を見ている感じでした。もう、相原さんとお逢いすることなどないだろうと思っていたので、欣喜《きんき》雀躍《じゃくやく》しています。ちょっと冷静にならなくてはと自分に言い聞かせても、相原さんからのメールを頂くと心が弾みます。

いい歳をしてバカだなぁと思います。

「終活」を人生の締めくくりと考えたら相原さんと楽しくお食事やお話しが出来る関係でありたいです。

相原さんが言う理由の【2】に関しては成り行きかな。

何しろ、もう長い間バージンロードですから……賞味期限切れしていますし。

〈件名〉Re：あれから1週間（てつや）

私も同じです。

「春」を感じています。

昔には言えなかったことも、この歳になったから言えることもあります。

想いは同じだと分かって嬉しいよ。

理由【2】に関しては早急に実現したいなぁ、いやらしい意味ではなくて、ことりの懐かしい温かさを感じたいんだ。

やっぱり、下心ありだな。

でも、昔ほど体力ないからなぁ（笑）。

まだ1週間しか経ってないのに、早急に【2】を希望してくるのはいかがなものか、と思う反面、もしそうなったら、などと想像している自分自身もいかがなものだろう。

1週間しか経っていない、というよりもっと長い時間に感じられる。彼と再会してから一日一日の時間が長い。多分2回目に逢えば、すぐに一線を越えて、【2】の関係になってしまうのは確かだ。但し、私の身体の受け入れが可能であれば、だろうけど……。

私たちは45年前のお互いの面影を見ながら離れていた時間を取り戻すために最後の恋に走り出した。

私は今の彼のことを知らない。彼も同様だろう、しかし45年の想いを確かめるために、もう一度抱き合いたいと思っている。

交換日記をしていたあの頃のように……。

〈件名〉【2】の準備

いきなり【2】と言われても、心の準備と身体の準備に多少時間がかかりますので、暫くお待ち願えますでしょうか。

1週間前、あなたとお逢いした時、私は精一杯のお洒落をして行きました。普段は普通のおばちゃんです。昔の私がブスだったように今もブスのままです。

その上、中年のおばちゃん独特の下腹ポッコリ、バストは貧乳なのに垂れてしまって、とてもお見せ出来るものではありません。

それにいきなりゴールよりも、それまでのプロセスを楽しみたいというのが「女心」です。

若い頃のあなたを知っていても今の徹也さんをもっと知ってからじゃないと受け入れられないものです。

ごめんなさい。

〈件名〉Re：【2】の準備
私もオッサンになりました。お腹はダイエットでへこみましたが、髪の毛も薄くなりました（笑）。
この歳になるとヤリたいことが目的ではなく、癒しが優先になりますね。いきなり【2】を求めるのではなくプロセスは大事ですよね。
ことりのことをもっと知りたいし、【2】だけが目的ではなく、良い関係で付き合いたいと思っているよ。

45年前に付き合いはじめた頃、彼は「ことりはブスだ」と失礼なことをよく言っていた。

「ブスだけれど俺の前だけで見せる可愛い顔が好きなんや」

と貶《けな》しているのか、誉めているのか、彼の精一杯の愛情表現だったのかもしれない。

16歳と17歳の私たちは「性」のことはまだよくわからない高校生だった。

クリスマスイブの夜、部活でまたもや帰りが遅くなった。彼はバイクではなく、電車で家まで送ってくれた。電車を降りて家路に向かう途中、急に左膝関節の痛みを訴えた。

「歩ける?」

「うん、ちょっと痛い、休憩したら治るかも」と言うので、すぐそばの公園のベンチに一緒に座った。私は彼の左膝をさすってあげた。

最近はクリスマスに雪が降ることはないが、45年前のホワイトクリスマスは珍しくなかった。

「ねぇ、ねぇ、雪!」

「ほんまや、積もらへんかな」

二人ともテンションが上がってしまい薄っすら積もった雪の公園ではしゃぎまくった。

「ねぇ、足痛くないの？」

と彼の顔を覗き込むと、そのまま彼の顔が私の顔に重なってきた。彼の柔らかい唇がそっと私の唇に触れた。生まれて初めてのキスはふんわりと雲に包み込まれたような感触だった。

その晩、私の心臓は高鳴りすぎて眠れなかった。足が痛かったのは本当だったのだろうか。

二人の大人への階段、第1段階はこのようにクリアした。それから二人は何度も第1段階を繰り返し練習した。

さて、次はどうするのか、きっと彼はアダルト雑誌か何かを買って勉強したに違いない。それは第1段階のテクニックがどんどん上達していったから、私は彼に練習台にされているようだった。

春、私たちは1学年上に進級した。彼18歳、私は17歳になった。18歳になった彼は運転免許を取りに行った。家の軽トラックで私を迎えに来ては淀川の河川敷に行った。そこに車を止めて、車の中で第2段階の練習をすることにした。

「そんなことしたら、親に怒られる」

「こんなんでは妊娠せぇへんから……。ことりのこと好きやから、やらして」

イヤだと言ったら嫌われるのか、嫌われるのはイヤだ。親を裏切っているようで後ろめたさを感じながら、二人は第2段階もクリアしていった。

冬が来る頃、彼は推薦枠で大学に進学することが決まった。高校の卒業式から大学の入学式までの春休み中に彼は好きなスキーをするため一人で信州に行くことになった。

「何日くらい行くの?」

「さぁ、3週間くらいかな、楽しみや」

「あたし、寂しいな」

「3週間くらいすぐや、大阪駅まで送ってな。ことり、ちょっと茶室に行こ!」

彼は私の腕を掴み美術部の部室を出ると、夕方の薄暗い廊下を走り抜け、茶道部茶室に連れて行った。走っている途中に、夜間高校の学生が学食でパンや牛乳を買っている光景が見えた。

勝手知ったる他クラブの部室（茶室）に彼は堂々と入っていくと、中から鍵を閉めた。

「あのな、ことり、ここに横になってみ……」

私はとっさに察知した。彼が第3段階をやろうとしていることを……。

「あのねぇ、あたしねぇ、今日生理なんよ」

「だったら、ええやん、妊娠せえへんから」

二人は「妊娠」することを恐れ、第3段階を避けていた。

「あたし怖いわ。初めてやし、痛いっていうし……」

「俺は1回やったことがあるから大丈夫や」

「誰と？」

「いや、前に付き合っていた年上の女……」

何か、しどろもどろになっている。次第に外は暗くなり、真っ暗闇の中、茶室のガスストーブの明かりが二人のシルエットをオレンジ色に照らしていた。

「これでええんかな、ことり大丈夫か？」

「うん、痛いけど……」

初めての経験はこんな風に終わった。処女を失うと出血するらしいが、私の場合元々出血していたので、どれがどれか分からなかった。ただ、痛かったことだけは覚えている。


男は女とSEXするまでが優しいというが、まさにこの頃までが彼の私に対しての優しさの絶頂期だった。目的を達成するともう用なしという訳ではなかったが、旅行から帰ってきた彼は少し大人になっていた。

それは彼が大学に入ってから顕著になったが、大学という所を知らない私は単に勉強が忙しいのだろうと思っていた。


私が18歳の夏休みに二人で旅行をした。九州に行くことになったが、出発は二人別々のコースにした。あくまで一人旅という親向けの名目だった。

私は南九州へ行き、彼は北九州を旅行した。当時は寝台列車が全盛期の時代で、宿泊は列車を宿代わりにした。最後に長崎で合流し、長崎市内を一緒に観光した。

秋には彼の大学の学園祭に行った。広いキャンパス、化粧をした女子大生が眩しい。お金持ちのお坊ちゃん、お嬢ちゃんが行く大学ということもあり、ほとんどの学生が自家用車で通学していた。

彼の家もお金持ちだった。今考えてみれば、私のような貧乏人の娘とよく付き合ってくれたものだ。

学園祭は煌びやかすぎて、私には場違いな場所だと感じた。田舎娘みたいな高校生を連れて彼は恥ずかしいだろうなと気が咎《とが》めた。

その冬のクリスマス、彼は傍にいなかった。学園祭の後、アルバイトの帰りに彼に電話をしたら、こう言われた。

「大学での生活はことりの知らない世界や、お前、ディスコに行ったことあるか、俺は高校生のお前とは違うねん。……俺、好きな女が出来た。こんなに好きになることはもうないと思う。お前とは会われへん」

地下鉄に乗った途端、涙が溢れてきた。泣いているのが周りの乗客に気づかれないように太子橋今市駅までずっと下を向いて座っていたのを覚えている。悲しい記憶が蘇った。私は24歳の時に捨てられたのではなかったのだ。18歳の冬に最初の破局があったのだ。

〈件名〉再会の再会
早く逢いたいって言うと【2】にがっついているようで恥ずかしいのですが、私は自営業で定休日が決まっておりません。
ことりの都合を知らせてくれますか?

〈件名〉Re：再会の再会
私は基本的にカレンダー通りの勤務です。休日はアウトドア派で六甲山や生駒山の低山登山を楽しんでいます。
一緒に山登りしませんか？

〈件名〉Re：再会の再会
ちょっと、山登りは遠慮しておきます。
腰痛と腰からくる足の痛みがあります。
ことり、腰痛を治してくれるかな？

次の再会は【2】に移行する可能性があるから、それを避けるために健康的な登山を提案したのに、腰痛持ちなら無理だな。どこで逢おうか、また食事に行って、その後にラブホなんて、いかにも不倫しています、っていう感じで後ろめたさがあるから嫌だな。お金も使わせたくないし、結局私のマンションしかないか、でもどうやってうちに来てもらおうか。

〈件名〉癒しのケア
腰痛は治せないけど、患者さんへの癒しのケアとして、足湯とハンドマッサージなら徹也さんにしてあげられますよ。

〈件名〉ハンドテクニシャン
へぇ～何か気持ち良さそうやね。
ぜひお願いしたいけど、どこでするの、つまり場所は？

〈件名〉テクニシャンじゃないですよ
変な想像をしないでくださいね。
アメリカ製のリクライニングソファーが家にあります。ケアをするのに丁度いい感じです。
うちにいらしてください。

それから一週間後、彼が私の部屋に来ることになった。約束は16時過ぎ、昼間にメールをくれた。

〈件名〉本日はよろしくお願いします
今日の予定、
初めてお家に寄せていただくので、長居はせず1～2時間でおいとましますから、食事などはお気遣いなしで結構ですよ。
次回からはゆっくりさせて頂きますね。

〈件名〉Re：本日はよろしくお願いします
お気遣いありがとうございます。
私がお料理をするのが苦手なのをご存知だったのですね。
お酒のあてとビールくらいは何時でもありますけど……。

夕方は楽しみにしています。

予定の時間に駅まで迎えに行った。彼は2週間前と同じ格好で改札口で待ってくれていた。少し緊張したような表情だった。いつかどこかでこんな表情を見たことを思い出した。阪急淡路駅の東改札口だ。

高校を卒業しても私には進路が決まっていなかった。3年間遊んでばかりいたので、受験も就職も全て失敗した。アルバイトで診療所の補助をしていた私に院長先生は看護学校を勧めてくれた。

1年目は見習いをし、2年目で看護学校に行かせてもらった。准看護師の資格を取り、すぐに正看護師の学校に進学した。卒業するまで院長夫妻は私を実の娘のように可愛がってくださった。

看護学生であった4年間は彼の記憶がはっきりしない。国家試験が終わり、大手の救急病院に就職した。自宅から遠かったので、私は病院から電車で20分程の便利な場所にアパートを借りた。

現在ではマンションを借りる場合、敷金・礼金なしで簡単に借りられるが当時はアパートを借りるだけでも数十万円のお金が掛かった。それは両親から借り、月々の給料から返済していた。

私はそんな経験から持ち家や不動産に対してより執着するようになった。いつか自分の「家」を持つことを心に決めていた。

阪急淡路のアパートで一人暮らしが始まった。親から離れ、一人暮らしの楽しさや解放感は今の時代も同じかもしれない。私は友人を通じて彼に何とか連絡を取った。そして、彼を私のアパートに招いた。

最寄りの駅まで迎えに行く。ちょうど今日と同じだ。彼はすでに社会人で会社では一目置かれた存在だったようだ。

阪急淡路駅に来た彼は細身できっちりしたスーツ姿で本当にカッコよかった。多分、女の子には不自由していなかったろう。

久々の再会で私たちはすぐに第3段階に進んだ。彼にとってはそれが日常茶飯事だったのだろう。女が求めればSEXしてあげるのが「モテる男」の務めくらいに思っていたのだろう。

彼は何度か私のアパートを訪ねてくれた。たまに泊まってくれたこともあった。料理と言えば目玉焼きくらいしか出来ない私に彼は何も言わなかった。私は第3段階で女性としての悦びがあったかというと、そうではなかった。不感症という訳ではなかったが、親に内緒でSEXしているという罪の意識を常に感じていた。

ある時、彼は酔った勢いで同僚をアパートに連れてきた。三人でHをしようと言い、何故か彼と同僚は盛り上がっていた。彼は仕事でストレスを抱えていたのは何となく知っていたが、その捌《は》け口が私なのか、私は都合の良い女でただの遊び女なのだということを自覚しない訳にはいかなかった。再会してもう一度愛し合っていると思っていたのは私の錯覚だったのだ。

彼の同僚が私にキスを仕掛けてきた時に、「俺のことりや、したらあかん」

と言ってくれたが、私はもう白けていた。

翌週、私はそのアパートを引き払い親元に戻った。

相原自動車教習所（大人への階段）は第3段階で中退した。第4段階に進むことは出来なかった。

第4段階って何だろう。

妊娠か。

結婚か。

悲しい記憶が蘇った。


この時のことが37年前のはずだ。私は、別れた時の記憶がはっきりしていると思い込んでいた。じゃあ、彼が言った「お前が婦長（師長）になったら会ってやる」というのはいつだったのだろう。彼の記憶がない空白の4年間での出来事だったのだろうか。

Ⅳ 船出

27階建てのタワーマンションの中層階に私の部屋はある。自分の持ち家に住むことが私の若い頃からの夢であったが、理想の住まいに辿り着くまで何度もマンションを買っては売り、遂に長年欲しかったこの物件を手に入れた。ここからは大阪の街が一望出来る。

「あれがハスカス、右側がなにわドーム、ユニオンランドはあの辺」と彼に説明する。今日のために部屋は念入りに掃除した。ラベンダーのアロマを微かに漂わせ、BGMは究極の癒しのピアノ曲を流していた。

「いい部屋だね、綺麗にしているし、落ち着くなぁ」

彼はリクライニングソファーに座り、居心地よさそうにくつろいでいた。約

束していた癒しのハンドマッサージをすると大変喜んでくれた。１ＬＤＫの狭い部屋、ベッドルームの方をちらっと見て、

「ベッド狭いなぁ、まぁ重なって寝たらいいからね」

と親父ギャグを言った。多分言うだろうと思っていた。私も同じギャグを考えていたから可笑しくなった。

一時間ちょっとの間、彼の思い出話を聴いていた。私も話したいことが頭をよぎったが、何から話せばいいか分からなかった。今度は話す内容を箇条書きにしておこうと思った矢先だった。

「それじゃあ」

と彼がソファーから席を立った時、軽やかに私の肩を抱いた。とても自然だった。

こんな愛おしいハグは初めてだ。思わず私は両手を彼の腰に回して力を込めた。

そして、短いキスを交わした。もしかして今日は【２】になるかも、と期待

より不安な気持ちが大きかったので、少しホッとした感じだった。彼はプロセスを重んじてくれたのか、それとも彼も心配していたのか、ただ二人とも次回逢う時はきっと抱き合うことを確信していた。

〈件名〉お礼
地下鉄に乗りました。
今日はありがとうございました。
ことりの言う理由【1】でたかるとしたら、ビールと肴代くらいかな。
あっ、それからシャワーとティシュくらいかな（笑）。

〈件名〉Re：お礼
こちらこそ有難うございました。
何かしら、徹也さんと居ると自然になれます。乙女の気持ちに戻った感じ。
ビールや肴代くらい貢ぎますよ。

〈件名〉R：

同じ！　そうなんだ。

今日ことりと話をしていて思ったんだけど、ことりの前だと自分が明るい人間になっているのに気づいたんだ。

この前に逢った時も俺って明るく喋ってるって感じて、今日も同じように感じたんだ。大人が言葉を選んで喋るのではなく、少年が無邪気に今日あったことを母親に報告するかのように、そんな感じかな。

私も同じだ。職場でも日常生活でも他人と話す時は必ず言葉を選んでいる。社会人として医療者としての立場から外れないように、感情は押し殺し、泣くことさえも忘れてしまった。彼の言うように彼と喋っている時は、思ったことを素直に話せ、気持ちがとても楽だった。

この部屋では私たち二人だけの世界で、他の誰にも邪魔はされない。自由に会話が出来、自由に感情を表すことが出来る。でも、この部屋から一歩出れば彼は元の世界に戻ってしまう。


彼が帰る時、私は彼に訊ねた。

「あなたが言う終活って何をしたいのかしら」

再会した日から気になっていたことだ。彼の表情は虚《うつろ》ろで、遠くを見つめているようだった。

「こうしたい」と言って、さきほどハグした時のように短いキスをすると、扉の外の現実世界に消えて行った。

〈件名〉不倫による愛人の心得
夜分に失礼します。
もし、私たちが俗に言う不倫関係になっても私はあまり罪の意識を感じません。何故って、あまりにあなたと私が同じ想いを抱いていて「あなたは私」「私はあなた」、一心同体以上に自分自身過ぎるから、自分に不倫ってあり得ないでしょ。

自分自身を愛していて、自分自身とHするのは、一人Hみたいなものでしょ。

だから、罪ではないのです。

何か変な理論かな。

でも、あなたには迷惑はかけないから私の愛人としての心得をお約束します。
・家族、仕事のことは聞かない
・自分の身分はわきまえる
・いつでもあなたを受け入れる
・いつまでも待っていられる
・見返りは求めない
・愛されるより愛する喜び

・最後はご家族の元へ帰す
あなたを大切にしたいと思っています。
最後まであなたの気持ちを尊重します。
私は今回あなたとお逢いできただけで、喜びでいっぱいです。

東野と知り合う7～8年前、私は妻子ある男性と付き合っていたことがある。7歳年上の優しい人だった。身体の相性も良かったが、私が婦人科の病気になると、SEXが出来なくなった。

手術後、自然と別れてしまった。所詮、身体が目的の付き合いだったのだろう。その時の不倫の愛人の辛さは嫌というほど分かっていたつもりだった。私は愛人体質なのか、結婚願望はあったものの2度も失敗している結果からそうなのかもしれない。

思い当たることがある。阪急淡路のアパートに徹也が訪ねてくれていた頃、彼は私にこう言った。

「ことりとは結婚でけへん。でも別れたないから、ことりに喫茶店でもやらせてそこに俺が通う」

それって私に愛人になれっていうこと……。

私が24歳の時だったから、彼は25歳の時だ。そんな若造の言うことか！

でも私は内心それでもいいかな、と思っていた。彼がいてくれるなら、どんな形でもよかった。当時なら、二号さんとかお妾さんと呼んでいた時代、そんな金回りのいい旦那衆に憧れを抱いていたのだろう。

私の愛人体質は彼に洗脳されたのだとしたら、それは責任を取ってもらわなくてはいけないことだろう。


初めて彼が私の部屋に来て2日後だった。

〈件名〉明日逢いたい

ことりは明日予定がないと言っていたよね、お昼前に行っていいかな、夕方くらいまでならいられるよ。

もちろん来てほしい。でも昨夜の夜、私は娘の夢を見た。夢に出て来た娘は彼の身体の周りをフワフワ漂っていた。突然長い針の付いた注射器を取り出し、彼の心臓目がけ突き刺した。

「そんなんしたら、ダメ！」と私が言うと、「ええやんか」とニコニコ笑っている。

注射器に血液が逆流している……。

うわ、怖わ、と思った瞬間、目が覚めた。何を意味しているのだろう、娘が亡くなってから私は娘の夢をよく見る。夢の中で会話をすることもよくある。その会話が現実になることもある。父親が死んだ時も、時々夢を見て会話もした。やはり私には霊感があるのかもしれない。

娘の身体はなくなってしまったが、娘の魂は私の中で生きている。いつもすぐ側にいてくれているように感じる。現にいるこの部屋は娘が見つけてくれた。「死ぬ死ぬ詐欺」の東野との生活は3か月目には破綻していった。やはりうまくいかなかったな、と思っている矢先に娘が夢に現れた。

「母ちゃん、いい部屋を見つけに行こ！」

翌日私はインターネットでこの部屋を見つけた。私が以前から購入したかった物件だった。東野に内緒で購入手続きをした。娘は東野の住居では居心地が悪く、私と二人で暮らしたかったのだ。

そんな大切なお部屋に知らないオジサンを連れ込むなんて、娘は許したくなかったのだ。その上、娘の前で彼とハグしたり、キスしたり、親として恥ずかしいことをしたものだ。

私は娘の位牌に向かって謝った。娘に彼を紹介しようと思った。でも、彼に何て説明しようか、彼は知っているのだろうか、娘が亡くなったことを、情報通の小山君は私のどこまで調べたのだろう。

〈件名〉ご紹介

明日の予定は承知しました。夕方までの時間は厳守いたします。徹也さんに言っていなかったことがあります。

私は8年前に娘を亡くしました。

別に隠していた訳ではありません。話の流れで言えばいいか、と思っていました。

聞かされるほうもしんどいですから……。

昨夜、娘の夢を見ました。娘は私のことを心配しておりました。明日、あなたが来られた時に娘を紹介させてください。

徹也さん、私がおかしなことを言っていると思われますか？　それなら無理されなくてもいいですよ。

〈件名〉……

びっくりしました。

次の言葉が出てきません。


〈件名〉Re：……

ごめんなさい。初めに言えばよかったですね。この前、あなたにギュっとされた時、もしかしたら娘があなたを寄こしてくれたのだと思いました。私の欲しいもの、このお部屋も娘が見つけてくれたから、あなたも見つけてくれたのだと……。

黙っていてごめんなさい。

〈件名〉辛かったね
ことり、言ってくれてありがとう。
明日は娘さんに挨拶するね。

翌日、彼が来るまでの間、前回と同じように部屋に埃が落ちていないか、アロマの香り、ＢＧＭの選曲は心地よいか等、ウロウロと狭い部屋中を歩き回っていた。

よく冷えたビール、ワイン、前日から仕込みをしていた手料理も完璧に準備が出来た。

さすが愛人、やるじゃないか、と自分に言い聞かせる。私が二度の妻であった時は夫にこんな手の込んだもてなしをしたことはなかった。私は徹也仕込みの優秀な愛人なのだ。彼はそれが分かるだろうか。

「娘さんにご挨拶を」

私は嬉しかった。彼が言ってくれた一言は娘が私にとってかけがえのない存在だったことを理解しているようだった。

娘を亡くした時私は独りだった。東野とは距離を置いており連絡も取っていなかったし、両親はすでに他界していた。私の姉妹はそれぞれが遠い他県に嫁いでおり、娘の死因を知らせたくなかった。娘の友人に連絡をしたが、彼女たちは娘が死んだのは母親の私が悪いからだと罵り、葬儀には出席してもらえなかった。誰からも送ってもらえず、娘には申し訳なかった。私は一人で娘を見送った。

両親を「お骨仏」として寺に供養した時に仏壇は処分した。娘の位牌は部屋の隅にある作り付けの飾り棚に祭った。この前、彼が来た時には位牌は飾り棚の一番奥にこっそり置いてあったので、気づかなかったのだろう。

小さな位牌に彼と私は手を合わせた。

「徹也さん、娘のユキです」

私は位牌をそっと手に取り彼の眼の前で優しく撫でて元あった場所に戻した。

「ユキちゃん、紹介するね。母ちゃんの初恋の人、相原さんです」

「ユキちゃん相原です。初めまして。これからもよろしくね」

まるで両親に結婚相手を紹介するように娘に交際の承諾を得る儀式のよう

だった。それは私たちが行わなければならない娘への礼儀であり、これから先の明るい未来のように感じた。

彼に手料理を振る舞い、お互い適度にアルコールが入ったところで、私は彼にもう一度再会したかった理由を尋ねた。

「俺、ことりに逢いたかった。小山君は色々な方面で顔の利く奴だったから、かなり前からことりの消息を探してもらうように頼んでいた。何しろ逢いたかった」

「小山さん、あたしのこと覚えていないよね」「いや、知っているって言っていた。それから森本君がことりの電話番号を知っていることまで突き止めた。森本君からことりの電話番号を聞き出すのに時間がかかった」

私は他人の個人情報を勝手にリークした森本さんに少し嫌な感情を抱いたが、小心者でいつまで経っても年賀状のやりとりは欠かせない律儀な性格だから、徹也からの熱い想いを断わることが出来なかったのだろう。

「森本君は悪くない、彼を責めないでくれ」

彼は必死になって弁解していた。

人探し……。

私は彼と別れても時折彼のことが気になっていた。大阪にいればいつかどこかで出逢えるかもしれない、とロマンチックなことを考えていた。年月が経ち人探しが容易に出来ることを知った。例えば、探偵を使えばすぐに彼を見つけられることが分かった。そのうちインターネットが日常生活になり、情報は簡単に手に入った。

私が彼のことをネットで知ったのは10年くらい前だ。時々ネットで彼のお店の情報を見て、

「ああ、生きているのだな」

と安心していた。

いつか私は素敵なマダムになって、彼のお店のお客として訪ねることを想像

していた。

彼が私を探していたと言うが、どんな方法で探していたのだろう。ネット時代では本当にすぐに可能なのに、現にPCやスマホに全く無知な東野さえ私の居場所を見つけて連絡してきたというのに、徹也の本心がよく分からないと思った。

アルコールの勢いで私たちは自然に第3段階に流れていった。しかし、10年以上性交渉をしていなかった私には苦痛しかなかった。それを彼に悟られたくなかったので、彼がイクまで何とか役割を演じきれた。彼と初めて結ばれた時のように心は満たされていたが、身体は苦痛であった。

45年前の徹也とのSEXでは悦びなどは分からなかった。徹也に抱かれることの精神的な幸せが女の悦びだと思っていた。

一度目の結婚でも同じだ。自分の身体を提供することが相手への愛情だと信じていた。男は好きな女としかSEXしないものだと思い込んでいた。男性の生殖器官の解剖生理は理解していたつもりでも、男の性欲は全く分かっていなかった。

35歳の時に婦人科の手術で子宮、卵巣を摘出する時に主治医が手術の説明をしてくれた。

「子宮を取って、膣の奥はタコ糸みたいなのでしっかり縫うから心配はいらないよ。ＳＥＸも感じる部分はあるから大丈夫だよ」

手術後、先生のおっしゃる感じる部分は完全に麻痺してしまっていた。けれども主治医に不満も不信感もなかった。こんなに悪くなるまで放置しておいた自分の責任、それを懸命に治療してくださる先生の誠意がより信頼を深めていった。もし、先生の手術で失敗して死んでもそれは仕方ないと思っていた。

子宮内膜症、チョコレート卵巣嚢腫のステージⅣは私の人生を別の方向へ導いてくれた。

手術後、不倫相手から自然消滅のように別れた私は自分の身体の変化に焦りを持った。

何とか女として認めてほしい、そんな時に東野と知り合い自分を試したかった。東野は女性の病気に対して理解があった訳ではないが、私の生（性）に対する執着を気に入ったようだった。

東野の場合、自分が欲望を満たすことだけが目的ではなく、自分が女性をどれだけ悦ばせることが出来るか、それが男の価値のように思っていた。もちろん、欲望を満たす目的は人一倍強かった男なので、私以外にたくさんの女性と関係を持っていた。

所詮、男（牡）はＳＥＸだけが目的なのだと分かったのは私が40歳を迎える頃だった。

東野は私に同じことをよく言っていた。

「好きでもない女は2～3回ヤったら捨てられる。お前はそんな部類の女や。陰気やし、身体目的で遊ばれるだけや。でもワシは違う。お前の真面目な性格、働き者なところを買《こ》おてるんや」

東野の言うことは本当だと思った。私は面白みのない女だし、都合よく遊ばれて、2～3回SEXしたら捨てられる程度の女なのだと思う。徹也との関係もそうなるのだろうか、昔は都合のいい女として遊ばれ、捨てられたことは事実なのだから……。

〈件名〉ご報告
10年以上の年代物のバージン（バーボンではありません）を奪われたので出血しました。使わないと処女膜再生するようです（笑）。
多分、頑張りすぎたね。年甲斐もなく恥ずかしい。
でも、あなたの腕に包まれている感じは昔と同じだったよ。

ありがとう。

〈件名〉Re：ご報告

ごめんなさい、俺はことりを人生のうちに2回も奪ってしまったことになるな。

さっき、寝室に一人でいると、

「今日はありがと……」

とユキちゃんの声が聞こえた気がした。

俺に憑いて来た？

俺、ユキちゃんに見張られている～

翌日のメール

〈件名〉俺にも霊感？
昨夜、死んだ母と45年前に住んでいた家の夢を見た。
ユキちゃんが夢を見させてくれたんかな。

〈件名〉亡くなった方の夢は良い知らせ
きっと、あなたのお母さんが心配しているからだと思うよ。だって、昔の女と変な関係になって、あなたのご家庭を壊すんじゃないかって。

娘がそちらにお邪魔しているようなら、帰るように言いますが母親想いの良い子なので、「初恋オジサン」のことをあれこれスパイして報告してくれると思います。
見られて困ることがあるのかな（笑）。

〈件名〉ないない

もう、昔のようにイケイケじゃないし、ことりには人生の締めくくりを見届けて欲しいと思っている。

〈件名〉看取り
それって、徹也さんが先に死ぬのを私が見送るってこと？

〈件名〉Re：看取り
そうではなくて、残りの人生を一緒に楽しく過ごす時間を持ちたいってこと。
ことりが看取ってくれたら嬉しいけど、逆に何とか俺を生かそうとして、心臓マッサージや点滴やらされそうやね（笑）。

私が看護師になったばかりの頃は、病気や外傷の患者の命を救うことが医療の使命と教わってきた。

１９８０年代初めの男性平均寿命は約73歳、女性は78歳である。２０１９年では男性81歳、女性87歳と年々延びている。

歴史を遡っていくと、１９４７年では男性は50歳、女性は53歳である。最も短いのが室町時代くらいであり、10～20歳という資料もある。江戸時代では新生児や乳幼児の死亡率が高い反面80歳代まで長生きした例も多数ある。

医療、衛生状態が良くなったお陰で新生児や乳幼児の死亡率も低くなり、平均寿命が延びたようである。

命を救うために医療はどんどん進歩した。すべての命は皆平等、命が一番尊いという価値観から高齢者にも先端の医療がなされる。たとえ命だけは助かっても、患者の意識はなく生活全てにおいて介護を必要とする高齢者がどれだけ増えたことか。

助けた命を今更取り消してくれ、というわけにもいかず何年もご本人の意思に反して病院のベッドでただ死ぬのを待っているかのようにさえ見える。

病気になって、病院にかかり、難しいことを医師から言われても意味も解らず、「先生にお任せします」と言っては、そこに自分自身の人生の終末期での希望や要望を残していない、残せていない患者が何と多いことか。

病院で治療すれば、元気な時のように元に戻ると信じている家族もいる。

「自分で自分のことが出来るようになってほしい、そうなれば家に引き取る」と言った家族もあった。患者は90代半ばである。一体、何歳まで生きていられると思っているのだろうか。

「今死なれたら困る。親の年金で生活しているから、長生きしてもらわなくては」と言ったニートの息子もいた。命が大事なのは親ではなく自分なのだ。

母親と二人だけで生きてきた娘さんは、毎日朝早くから夜遅くまで面会をしていた。

「お母さんを一人にしないからね。いつまでも私が傍にいるからね。お母さんのためなら何でもするから……」

その母親がとうとう逝ってしまった時の娘さんの悲しみは計り知れないものだった。

大切な人を失うことは非常に辛いことだ。しかし、人間には限界がある。最も長生きしたのはフランス人の女性で１２２歳１６４日生きた。日本人の最高齢は１１８歳である（２０２１年９月現在）。

すべての人類が健康で長生き出来るとは限らない。55歳くらいになると癌になる確率は増える。歳を取るほど癌になる割合は高くなる。癌＝死という時代ではないが、55歳を過ぎる年代であれば自分や家族の死を意識したいものである。

徹也は自分の死を意識し、終活を始めている。なかなか良い心がけだとほめてあげたい。でも、家庭のある男性が私と最後の時間を楽しく共有したいと思うのは何故なのか。

家族とうまくいっていないのか、私に何かを求めているのか、聞いてみたいけれど、やはり聞かないでおこう。本当のことを言う訳はないし、その答えが怖いもののような気がするから。

私たちは毎日のようにメールを楽しんだ。ところがこの３日間は音沙汰がない。仕事が忙しいのだろうか、それとも東野が言ったように2～3回遊ばれたから捨てられたのだろうか。

〈件名〉次の仕事
長期で出張するので、その前にことりに逢っておきたい。
でも、ことりも仕事があるから平日に休みを取るのは無理やろ。
出張は今週土曜日、行ってからでないと帰りの予定はわからない。

〈件名〉予定
木曜日か金曜日のどちらかなら休めるけど……。
長期で逢えないのは寂しいね。

〈件名〉Re：予定
水曜日なら別の出張を切り上げて、午後から木曜日の午前中までいられるけど、泊まりはあつかましいよな。

〈件名〉母と娘の会話
娘「出張を切り上げて翌朝までなんて、オジサン常習犯だね」
母「……（鋭い！）」
娘「母ちゃん、気ぃつけや、母ちゃんみたいな婆さんは誰も相手せぇへんから、あとで泣いてもユキは知らんで」
母「そやなぁ、ユキちゃんの言うとおりやと思うけど、お母ちゃんは気が弱くて、か弱いから……」
娘「誰がやねん！」
という訳で、か弱い私は徹也さんの甘い誘いに乗ってしまうのです。
水曜日の午後は会議が入っているので、休めません。やはり木曜日か金曜日ですね。でも無理しないでください。

〈件名〉母と娘の会話に割り込んで

言い訳ではありませんが、出張を切り上げて翌朝までというのは滅多にないことです。

この日は別の社員に業務を任せて、私は相手先に挨拶だけすればいいので、午後からフリーになるのです。

ユキちゃんの言う通りで、私たちはもう若くないので、いつ逝くかわかりません。

遅かれ早かれどちらかが泣くことになるでしょう。

もう、俺たちはことりに男がいたとか、俺に女がいたとかで泣くこともないだろうし、二人でいる時は二人の世界なんだから、俺はそれで満足している。

〈件名〉母と娘の会話②

ようやく辿り着いたのだから、ことりの元にね。

母「ユキは生前から焼きもちだったから、オジサンに母ちゃんを取られるかと思った？」
娘「別に……初恋オジサンは案外真面目みたいやね、知らんけど……。疑ってごめんなさい……知らんけど。」
と言うことで、娘は徹也さんのことを少し気に入ったようです。

〈件名〉日程
俺たちっていつどうなるか、いつ死ぬか分からないから、早い日の木曜日でお願いします。

翌日私は木曜日の休暇申請をした。
徹也は「母と娘の会話」を気に入ったようで、引き続きメールの返事をくれた。

〈件名〉母と娘の会話に割り込んで②
オジサンはいたって不真面目な男です。真面目だったら、今の立場ではなかったと思います。

それに数々の男や女を踏み台にしてのし上がってきました。

ユキちゃんのお母さんもその犠牲者の一人かもしれません。

ごめんなさい。

しかし、オジサンは今や落ち武者となり、余生を楽しむだけの老人になりました。


徹也がどんな人生を歩んできたのか私は知らないが、私を何度か捨てたことは事実である。私以外に付き合った女たちにも悲しい思いをさせたのだろうか、それを反省して落ち武者になったのだろうか。親の跡を継いで順調にいっていた事業を辞め、今は何をしているのだろう。たとえ、それを知ったところで私には何のメリットもないし、何も知らず昔好きだった徹也と巡り合って、愛し合える時間があるだけでいいと思う。

徹也の言うように二人でいる時は二人の時間なのだから、その時を大切にすればいい。

〈件名〉余生を楽しむ
私は8年前からトレッキングにはまっています。下山した時の温泉とビールが最高です。

でも、3年前に転倒し、足を骨折してからは近場の低山ハイキングにしています。

旅行も行きたいけれど、休暇を取り難い立場なので、最近はどこへも行っていません。

仕事をリタイアしたら、のんびり温泉旅行でもしてみたいです。


旅行と言えば、私たちは3回だけ泊まりがけで行ったことがある。それは第

3段階を練習するためだった。

岡山の蒜山《ひるぜん》高原、和歌山の加太《かだ》、長崎の市内観光、今になってみるとどんな手段で移動したのか覚えていない。ただ、長崎だけは九州を別々に旅行して最後に合流した場所だということだけは覚えている。長崎でどのように合流したのか、どこに泊まったのかは思い出せない。私にとっては別の記憶が鮮明に蘇って来るのだ。

長崎での合流前、私は宮崎に行った。子どもの頃から行きたかった「青島」へ行った。その後体調が悪くなり、とある旅館に泊まった。その旅館の仲居さんが私の体調を気遣ってとても親切にしてくださった。その仲居さんと旅館のことが脳に刻み込まれ、今でも鮮明に覚えている。

脳は正直だ。たまに保存する機能と送り出すタイミングを見失う。年齢を重ねていけばそんな脳の機能不全は普通のことだ。

若い時の私たちは、脳の発達が未熟で伝えたいことを上手く言えず、誤解したまま別れてしまった。いや、ただ単に言葉が足らなかったのか、多すぎたのか、不器用なコミュニケーションしか出来ない脳だったのだろう。

〈件名〉母と娘の会話に割り込んで③
オジサンは仕事柄、日本中を飛び回るので旅のお話はいっぱい出来ますよ。
ユキちゃんはどんな話がいいかな？
①日本各地のゆるキャラ
②日本各地のB級グルメ
③日本各地の怖〜い伝説
④日本各地のおとぎ話

〈件名〉ユキです
④のおとぎ話！　小さい時に母ちゃんが毎日寝る前にお話ししてくれた物語があったよ。主人公の太郎がお母さんのことを「母ちゃん」って言っていたからユキもそう呼ぶようになったよ。

私は、私の中で生きている娘と徹也が仲良くなったことが嬉しかった。

娘が亡くなり、生きる張り合いもなく、ただ漫然と毎日を過ごしている時に転職の話があった。

神戸市は娘も行きたがっていた所だったので、魂だけになった娘と二人で住める海の見えるマンションに転居した。これで東野とも完全に別れられると思った。

神戸はお洒落な街、震災があったが復興した力強さのあるところだと思い込んでいた。大阪で50年以上も暮らした私は同じ関西なので習慣も価値観もさほど変わらないだろうと思っていた。

しかし、いざ生活してみるとそうはいかなかった。郷に入れば郷に従えと言うが、従いたくないことが多々あった。何かが違う、アウェイな感覚が常にあった。

看護部長としての業務も今までとは違ったので戸惑いしかなかった。自分の能力の無さを嫌というほど思い知らされた。

年齢も年齢だし、今更転職するのも億劫だし、私は何をしたいのだろう、どうなりたいのかよく分からなかった。あと数年働けば老後の貯蓄は出来、年金と貯金を取り崩せば何とか死ぬまで生活は出来る。好きな山登りでもして、自由気ままに暮らせばいいか、くらいに思っていたが、満たされない心の寂しさを感じていた。

そんな時の徹也からのメールは私にひと時の安らぎと生きる希望を与えてくれていた。


木曜日、お昼前にインターホンが鳴った。

「お帰り～」

と彼を出迎える。

「ユキちゃん、こんにちは」

彼は娘への挨拶を忘れない。その心遣いが有り難い。

この日は二人とも飲みすぎた。私は感情を抑えることが出来なくなった。人前で泣くことなどなかったが、涙が出て止まらなかった。

彼は子どもをあやすように私の頭を優しく撫でてくれた。彼も泣いていた。そして、優しく優しく抱いてくれた。こんなに優しく抱かれた経験は未だかつてなかった。

今の彼はとても優しい。眼差し、声、手の温もり、彼の身体中から溢れ出てくる優しさだ。

彼は私と別れてから大人になって、結婚して、子どもが出来て、男として人間として大きく成長した。妻を愛し、子どもを愛し、愛に満ち溢れた生活だったに違いない。なのに、何故私と再会したかったのだろう、終活で何をしたいのだろう。

V　葛藤

土曜日、彼は出張に旅立ち、その後メールがピタリと来なくなった。

やはり家庭のある男なんて、仕事だと言いながら、家族旅行で海外に行っているかもしれないし、別の女といるかもしれない。こちらから連絡するのは愛人道に反するが、寂しさから良からぬ思いを巡らせてしまう。

今の彼は優しいが、私に優しいということは女性なら誰にでも優しいはず。所詮、私は2~3回抱かれたら捨てられる女なのだとネガティブ思考に陥っていた。

彼はきっと出張先で忙しいのだ、それとも体調が悪くなったとか……。

疑ったり、心配になったりと私は自分の仕事が手につかなくなっていた。

ようやく連絡が来たのは一週間後だった。

〈件名〉連絡しなくてゴメン
出張先で体調を壊したけど、仕事はしないといけないし、なかなか連絡が出来なかった。
それにことりにメールすると、俺が甘えてしまって、ことりに心配かけさせると思ったから……
けど、連絡しないのも心配させたやろね、ゴメンな。

〈件名〉心配しました
身体のこともだけど、私また徹也さんに振られたのかと思っていた。
こちらこそ、ごめんなさい。徹也さんを疑っていたかもしれない。
身体はもう大丈夫ですか？

今はこちらに帰って来ているのですか？


〈件名〉俺、信用されてない？

今は自宅に戻っているよ。多分風邪だと思うけど、まだ咳と鼻水が治らへん。

ナースさんのことりにうつしたら大変やから連絡しなかった。

この前、ことりに会った時にことりがもうどこへも行くなって言うから、俺はそのつもりやで。出張や旅行は別やけど、2回もことりを振らへんから……。

たとえ、ことりが俺のことを嫌いになってもやっと探し当てた「乙姫さん」を手放すことなんて出来ないからね。

お互いにもっと歳を取ったら、どうなるかわからないけど、今は絶対に離したくない。

〈件名〉振られたのは3回です
4回だったかもしれない（笑）。
3回も4回も今となっては一緒やね。
徹也さんとこうやって、またお付き合いが出来るようになったのは運命かな。
もう、離れないからね。
風邪が治ったら、逢いに来てください。

一週間後に彼は私の部屋を訪ねてくれた。愛人宅に来る旦那のように彼の表情に少し慣れた感じがあった。それをどう解釈すればいいのか複雑な気持ちになった。
今日で抱き合うのは3回目だ。3回目になるとコースが決まって来る。目的を急ぎすぎてか食事や会話を楽しんでいないと感じた。私はゆっくり会話する時間を取り、時々見つめ合ったり、手を握り合ったりするのが好きだ。

スウェーデンの人たちは、ゆっくり時間をかけて、気分を高めながら行う「ロングロングSEX」が普通だそうだ。せっかちな日本の男性ではそんなマメなことは出来ないだろう。ましてや不倫相手なら目的だけを達成すればサッサと帰り支度をするだろう。

今日は急いでいるのだろうか、前回の時のような優しい愛撫はない。私は受け入れ準備が出来ないままだった。最終章では長い時間がかかり、彼はようやくイッてくれた。

申し訳ないと思った。行為が終わると彼は眠ってしまった。今日は彼の口から「不倫」という言葉が出たことで私は少し嫌な気持ちになった。その気持ちが私の心を閉ざし、身体が解放されなかった。

彼は今日も自分の死についてと死後の世界の話をしていた。何が不安なのだろう、その不安を紛らわすかのように私を抱いているようだった。

「もし、俺が死んだら、小山君に連絡するよう頼んでおくから……」

ああ、そうか、これから彼と付き合っても私は一生不倫相手で、彼との生活はあり得ないのだ。彼と一緒になれるとは思ってはいないが、いつか日帰りデートでもいいから、今よりほんの少しだけ長く彼の傍にいたいと思ったのは馬鹿げていることなのだ。所詮、私は不倫相手、愛人道を忠実に歩むしかないのだ。

眠っている彼の横顔は昔のままと同じで苦しいほど愛おしい。そっと、彼の頬に手を当ててみた。ゆっくりと開く彼の瞳に私の顔が映っている。

「ことりがいる」

と彼は言った。私は頷くだけだった。

3時間不倫コースが終わった。彼は再び扉の向こうの現実世界に消えて行った。

残された私は夢の時間を過ごしたこの部屋で強制的に日常の自分に引き戻される。さっきまで彼がいたのに……寂しさと虚しさが残る。なら、ラブホで逢うほうがましかも……。

東野が言った「2～3回ヤったら捨てられる」という言葉がまたよぎった。今日で3回目、捨てられるかもしれない。

私の中で盛り上がっていたものが冷めてきているような感じだった。

〈件名〉ありがとう

今日はありがとう。俺、まだ本調子じゃなかった。途中で寝てしもたし、ことり、ごめんな。

〈件名〉Re：ありがとう

こちらこそごめんなさい。上手にてっちゃんをイかせてあげられなくて。

あれっ、私、彼のことを「てっちゃん」って言っている。昔そう呼んでいたように……。

〈件名〉何で、ことり？

あのね、前から聞きたかったのだけど、てっちゃんて昔から私のこと「ことり」って呼ぶじゃない。普通、彼女なら下の名前で呼ばない？

〈件名〉ことりが可愛いから

ことりは「志津恵」だろ、俺の母親と同じ字、母親は「志津子」だけどな。

そう言えば、昔同じことを尋ねた記憶がある。彼は私にお母さんの面影を見ているのか、マザコンであってもそう思ってくれているなら嬉しい。でも、自分の女を抱く時に母親の名前とダブっていたら、寝ている女が母親に見えたら、それは怖いものがある。

それを避ける防衛本能から私のことを「ことり」と呼んだのか、納得したようなしないような、ただ、これからも「ことり」と呼ぶことに変わりはないことだけは確信した。

それからまたメールが来なくなった。やはり3回目で捨てられたか、とあの日から冷静になっている自分がいた。

そんな時に私が訪問看護の仕事をしている時にお世話になった病院の師長さんから連絡があった。師長さんは私よりひと回り近く年上であるが、まだ現役で看護の仕事をされていた。

「タカナシさん、食事でも行きましょう」

私と師長さんは裏六甲の山奥にあるレストランに行った。ここが神戸市なのかと思うくらい大自然の中にポツンと建っているお洒落なレストランだった。

師長さんには東野が復縁を求めてきた時にも相談したことがあった。しかし、師長さんはこう言った。

「タカナシさんはもう自分で決めているでしょ、そう思うならそうしたらいいわ」

図星だった。相談と言いながら、すでに結果は決めていた。

東野とは20数年別れたりヨリを戻したりした。経済的なこともあるが、東野が私の嫌な部分を認めながらも気長に付き合ってくれていることに私が頼っていたのだろう。年齢が離れていることで、父親像を求めていたのかもしれない。そんな東野でも癌の末期と聞けば、放っておくことは出来ない。だからと言って復縁したところで上手くいくかどうか不安である。

死を迎えるのなら、心穏やかに過ごさせてあげたいという正義感か職業意識みたいなものだろう。

もし、上手くいかなかったら、私はまた一からやり直したらいい。家族も何もない独り身なのだから失うものは何もない。

「タカナシさんらしいわ、長い貴重な経験がそんなあなたを築き上げてきたのね。復縁されるご主人のところへ行きなさい」

と見送ってくれたのだが結果は一年で破局を迎えたことを報告した。

「まぁ、それも良い経験じゃない。でもね、タカナシさん。彼氏はいたほうがいいわよ、誰かいないの、これでも私は年下の彼氏がいるわよ」

師長さんの恋バナを散々聞いた後に私も彼との再会を告白した。

「師長さん、彼は家庭があるから、俗に言う不倫関係なので、何と言うか後ろめたいと言うか……。ダメですよね、こんな関係って」

「タカナシさん、男が家庭を持っていて他の女と関係を求めるのはそれなりの理由があるからよ、45年も心のどこかにお互いがいたなんて、ましてや再会するなんてドラマみたいで素敵よね。あなた、それを何ていうか知っている？

そんなご縁を〝因縁〟というのよ。仏教用語ね」

「因縁」、私はこの言葉の意味は「言いがかりをつける」という程度の理解であったが、師長さんのおっしゃる仏教用語の「因縁」とは何やら運命的・宿命的なことのような感じがしてきた。

「師長さん、私たちって生まれた時から結ばれる運命だったたってことですか」

「ちょっと違うわね、運命はどうやって決まると思う？

この世のものは、全て『因』と『縁』が揃って結果となるの。つまり『因』と『縁』はお互いが関係し合って存在しているの。

例えばね『因』があなたの彼だとするでしょ、彼一人では何も起こらないけれど、そこに『縁』としてのあなたの優しさや愛情が彼の成長を促してくれる役割になって、結果として二人の絆が生じるのだと、私は理解しているの。

もちろん、『因縁』は前世から定まった運命や宿命っていう意味もあるわよ。

でも私はね、生まれつき運命は決まっているものではないと思っているの。

だって、生まれつき運命が決まっていたら、誰も努力しないでしょ。

私達はね、苦しいことや辛いことに遭遇した時に他人のせいにするのでなく、すべて自分の行いの結果だと思って、自分の行いを変えることが大切なの。そうすることで運命は変わり、幸せを生み出していくものだと思うわ。

タカナシさんは私の知っている限り苦労してきたけど、一つずつ乗り越えてきたじゃない。だから、彼との再会があったんじゃないかしら。

不倫でもいいじゃない、お互いが信頼していれば、一生『因縁の関係』でいられることって、こんな幸せなことはないと思うけど」

何と凄い説得力だ。

昨日まで私は彼に捨てられるだの、不倫だのくだらないことばかり考えていた。東野とのことだって、東野の女好きが罪でその妻である私は被害者であるなんて、夫のせいばかりにしていた。

夫はこうあるべき、妻はこうあるべきという固定観念にとらわれ、夫の個性として、夫の人生として受け止められなかった自分の心の狭さを感じる。

私は東野を嫌いではなかった。体調が悪かった私に東野は、飲食店経営の全てを一から教えてくれた。多分、看護師として仕事が出来なくなっても商売で食べていけるようにと考えてくれていたのかもしれない。

職種は違えども看護部長としてやってこられたのも、東野からのマネジメントの教えがあったからだと感謝はしている。

女には湯水のようにお金を使っていたが、自分の生活は質素で贅沢はしていなかった。金銭的な価値観、不動産好きという部分は似ていた。似ているところは好きであったが、私は東野を愛していないということが決定的な別れの理由だった。

師長さんの言葉から私は自分の人生の苦しい運命を徹也に捨てられたせいにしていたのではないかと振り返ってみた。最初の男に捨てられたから、それからロクな男に出会わなかったと言っていたことがあった。

娘に対しても東野になつかない困った子だと娘のせいにしていた。

自分の行いを省みず、他人のせいにしていたのは私なのだ。私は自分の心の弱さを棚に上げ、他人への責任転嫁で自分の不安やストレスを取り除いていたのだろう。

もしかして、今、私は彼に負い目を抱かせていないだろうか、「俺がことりを捨てたから、ことりに苦労かけさせた」って思わせていないだろうか。

それは違う、徹也と別れてから私が選んだ道は私の責任で、私が判断して私の人生だった。若さゆえの判断ミスは数えきれないくらいあったが、ようやく辿り着いた道が彼に繋がっていた。
この道がこれからも続くよう私は彼を愛し、彼を信じ、残りの時間を大切に過ごしていこう。
私は彼の記憶がない空白の４年間を思い出すことを止めた。破局が何度あろうと過去のこと、ようやく出逢えた「因縁」に感謝し、不要な過去は消去しよう。

〈件名〉相談
俺、若い時から腹の調子が悪くて、腹巻して冷やさないようにしているのに、先日から下痢ばかりして困っている。
どうしたらいいかな？

〈件名〉病院紹介します
消化器科で診てもらっていますか？

消化器の優秀な先生を紹介するから行ってみて。

徹也は若い時からお腹が弱いのは私も知っていた。夏でも腹巻をしていたし、高校生なのにズボン下も履いていた。

神経質な性格だから下痢と言えば、過敏性腸症候群かもしれないし、いやこの年齢になると、やはり癌を疑う。

私は大きな病院で院長をしている知り合いの消化器内科の医師を紹介した。その医師は私が看護師になったばかりの頃からの旧知の仲であったので、すぐに診察と検査をしてくれた。

徹也のことは高校時代の元カレだと医師には本当のことを言ったが、再会して付き合っていることは言わなかった。

検査結果は大腸ポリープと大腸憩室炎であった。検査後、下痢はおさまってきているようであった。忙しい仕事を休んで、検査入院をしたお陰で休養が取れたからだと思っていた。

徹也は検査結果が出てから一週間後に私の部屋を訪ねてくれた。少し痩せており、アルコールはほとんど飲めなくなっていた。

「ことりに言っていなかったことがある、俺の病気のこと」

「他に何があるの？」

「恥ずかしいなぁ〜、ナースのことりやから理解してもらえるかなぁ。実は年寄りのオッサンがなるあれ、お爺の病気、シッコが出なくなるあれや」

「……あ〜ＢＰＨ（前立腺肥大）ね、そんなに悪いの？　手術をしなくちゃいけないくらい？」

「ＢＰＨっていうのか。手術はせんでもええそうや。けど夜中にトイレで目が覚めるし寝られへん。シッコがなかなか出ぇへんのは辛いで、そやから医者に手術してくれって頼んだんやけど、まだそこまで悪くないって。男の辛さわからんやろなぁ」

「ＢＰＨだけだった、前立腺癌は大丈夫だった？　何も恥ずかしい病気じゃないよ、あ〜恥ずかしい部分ね」

「癌はなかったけど検査は嫌やった。若い看護師にアソコ見られて、何や小さいなって思われているのとちゃうかなとか、看護師さんてスケベなんかな。平気で触るし、ことりはどうかな?」

「私は泌尿器科で勤務したことがないから知らないけど、仕事だから触れるのであって、趣味でやっている訳じゃないから……。看護師がスケべっていうのは、患者さんの裸を見る機会が多いからスケべ男たちが言っているだけ、偏見だと思うわ。私はてっちゃんのしか見たことないよ、患者さん以外はね」

「ことりは結婚していたよね、元旦那のもの見なかったの……ゴメン、俺調子こいて何でも言うから嫌われるよな。今更ことりの元旦那に嫉妬している訳じゃないよ」

「いいよ、てっちゃんなら何でも話せるし、特にSEXのことは二人の大事なことだから、きちんと話し合って大切な時間を作りたいと思っているよ。私、元旦那といた頃はマグロ状態だった。横になっているだけで、相手が頑張ってくれて終わり、みたいな……。そんなもんだと思っていた」

私は嘘を言った。徹也が元旦那のものと聞いたので、正直に答えたが、最初の不倫相手のことは聞いていない。まぁ、言うまでもないだろう。

男性性器を見ることはいくら仕事であっても嫌だった。子どもの頃、父親の裸を見るのでさえ嫌悪感を抱いていた。

60歳を過ぎ、彼と再会し、まだ数回しか愛し合っていないけれど、彼の大切な部分が嫌だと思ったことはなく、むしろ愛おしいとさえ感じている。彼が望むなら、フェラチオをすることに抵抗感はない。そうすることで彼が悦んでくれるなら、上手くなりたいとさえ思っている。若い頃にSEXに罪悪感を抱いていた自分からは想像もつかないことだ。

きっと、45年の時を経て彼が私に性を目覚めさせに来てくれたのだろう。でも、ちょっと遅かったかも、62歳になってしまった。

ふと師長さんが言った言葉を思い出した。

「女はね受け身だからいくつになってもSEXは出来るのよ、でも男はそういう訳にはいかないの、男性には限界期があるのよ。だからあなたの彼は時間がないのよ。たくさん愛し合ったらいいじゃない、今しか出来ないのだから」

人生一〇〇年時代になった現代、60歳代はまだまだ現役時代である。もう生殖機能もなく、子どもを産み育てる義務もないのだから、SEXをパートナーとの絆を深める時間として大切にすればいいと思う。

彼の全てを受け入れ、私の全てを差し伸べたいと思った。

「てっちゃん、BPHの治療で困っていることはない？　お薬は何を飲んでいるの」

「薬は2種類、肥大を小さくするのと、シッコの出をよくするヤツ。効いているのかどうか判らんけど、ホルモンの薬はEDになるからやめといた。ことりと出けへんようになるんやったら、死んだほうがましや。そやけど、夜中にシッコに起きる。その後は寝られへん、なかなか出ぇへん、イライラするから手術してすっきりしたい」

「でもね、てっちゃん、手術したら痛いし、血尿は出るし、逆行性射精って後遺症があるよ」

「今でもあるよ、その逆行性何とかっていうの、イクんやけど、すっきりした解放感がないんやな、これはことりが治さなあかんで、ことりの役目やな」

なるほど、男性のイクは女性とは全然メカニズムが違うのか、男は放出することが重要なのだろう。そう言えば、東野が言っていたことがあるのを思い出した。

「どんな不細工な女でもヤリたい、と思ったら、顔なんてどうでもいい、出すもん出したらスッキリするんや。おしっこするみたいなもんやな、好きでもない女としたら、後で後悔するんやけどな」

東野は精管結紮手術いわゆるパイプカットを40年くらい前に受けていた。後遺症かどうか分からないが、イクけれども精液はあまり出ない、射精した後も体には射精前の緊張感が残るというようなことを言っていた。

東野が女を次から次に渡り歩くのは、違う女だったら解放感を味わえると思ったからなのかもしれない。

もし、徹也がその解放感を求めて女を渡り歩くとしたら……それはやはり嫌だ。

射精の解放感以上のエクスタシーを与えるには愛情だけでは叶えられないのか、テクニックか……私のミッションはハードルが高い。

ある日の深夜、メールが立て続けに来た。

〈件名〉ことり、助けて
トイレをしたら、便器が血だらけ、行く度に出血する。
〈件名〉どうしたらいい？
昨日まで何ともなかった。
腹も痛くない。熱も出ていない。
〈件名〉何やろ？

夕べ飲みすぎたからかな？
昔、お尻から出血したあれかな？

私は寝起きで頭が回らなかったので、単なる「痔」だと思い、大丈夫だという返信をしてしまった。それから、再び私は眠ってしまった。

夜が明けてまたメールが来た。

〈件名〉どうしよう
ことり、出血がとまらない。

私はうっかりしていた。大腸憩室からの出血であることを何故気づかなかったのだろう。

すぐに以前に紹介した医師に連絡し、緊急対応してもらうことにした。徹也には私が付き添って行こうかと提案したが、一人で行けると言うので私は彼の判断に従うしかなかった。もし病院で彼のご家族に出会いでもして、不倫の関係を知られてしまっては大変だ。

再び内視鏡検査をすると、大腸憩室からの出血が認められ、止血処置をしてもらった。血液検査はかなりの貧血になっており、処置が遅かったら命が危なかったかもしれない。

入院期間は2週間、面会に行きたかったが、それも断られ、私たちはメールで連絡を取り合った。

〈件名〉逢いたいなぁ
入院生活は暇やし、絶食が続いたから体力はなくなってしもた。ことりと出来へんかもしれんけど、逢いたいな。
役に立たへんかったら嫌われるかな。

〈件名〉逢いたいよ

役に立たなくても嫌いにならないよ。

てっちゃんだって、私がお婆さんになったら嫌になるかもしれないよ。

徹也を嫌いになれたら、どんなに楽だろう。46年前に初めて彼を見た時から好きだった。私の一目惚れだった。どんなに破局があっても恨んだことはなかった。ただ、悲しいだけだった。何が起ころうが、もしまた私が捨てられることがあっても彼を嫌いになることはない。私たちは因縁で結びついているのだから……。

私は彼と再会してから、男性に対する見方が変わった。男性だけではない。人間に対する理解の仕方が変わってきた。

例えば、高齢になると性欲は無くなるものだと勝手に思い込んでいた。東野に対しても「いい歳をして」「エロ爺」と思っていたが、それは私が間違っていることに気がついた。

女と関係を持ちたいと言うのはパートナーとの触れ合いで安心感を得たいという気持ちからであること、どうしても放出したいと思う気持ちは男性として当たり前のことなのだということが理解出来た。東野はちょっと欲張りな普通の老人だっただけなのだ。

異性やパートナーと付き合うのは友人との付き合い方とはまた違う。私は二度の結婚をしたが実質どちらの夫とも生活した期間はほんの少ししかない。夫の心を理解することもなく、ましてや男性の苦悩など分かるはずもなかった。

お互いの心をさらけ出し、認め合い、助け合う。そこには上下関係もなく、肌と肌の温もりを感じられる。こんな安心出来る関係があっただろうか。

「彼氏は居たほうがいいわよ」

という師長さんの言葉は、人には人を癒す力、人を成長させてくれる力があり、それは人でしか成し得ない業なのだということだ。

お互いがいたわり合い、慈しみ「愛」と「信頼」の絆を深めること、それは大人への階段、最終（第4）段階なのかもしれない。

私たちは少しだけ第４段階に近づいたように感じた。

退院した彼は精力的に仕事に打ち込んでいた。私の部屋を訪ねて来るのは一か月に一回足らずになっていた。外でのデートは全くなく、不倫密会のような関係で一年が過ぎ、私たちはまた一つ歳を重ねた。

私は大阪から神戸までの通勤が困難になってきたこと、神戸に馴染めなかったことで違う病院に転職した。

大阪市内の小規模病院で看護部長を募集しているという情報を友人から聞き、紹介してもらった。この歳で採用になったのは幸運だったと思う。

転職には慣れていたが、歳を取ると新しい環境というのはストレスがかかる。職場のことを彼に話すのはタブーであると、自分の中の決まり事であったので、決して愚痴は言わないようにしていた。

彼は何も言わないし、何も聞いてくれないし、相変わらず月に一回の密会では少しお喋りをして、少しお酒を飲んで、手料理を食べて急いでSEXをして慌ただしく帰るというコースが当たり前になっていた。

何となく、ただのSEXフレンド的で自分が惨めに思えてきた。やはり、再会の目的は【2】だったのだと悲観的に考えている自分がいた。

スマホが嫌いな私であったが、業務都合でどうしても持たなければならなくなった。彼にそれを報告するとRINEをしようということになった。

あまり乗り気でなかったが、RINEデビューすることになった。タイムリーに会話出来ればいいが、RINEでは言葉数が少なく相手の気持ちが伝わって来ないし、こちらの気持ちも伝えにくい。時にはスタンプだけを送ってきて終わりのことが重なった。

スタンプだけになるのは相手のことがうっとうしくなってきたから、という記事を読んだ。確かにそうかもしれない。私の方が一方的に徹也を好きで、彼はその勢いに押されているだけ、彼が大切なのは彼自身と彼の家族なのだから……。

私はいつしか「愛人としての心得」を忘れ、彼に希望や期待を持ってしまっていた。それはルール違反であることをすっかり忘れてしまっていた。
遂に私はＲＩＮＥではなく、メールを使って、本心と裏腹な言葉を送ってしまった。

〈件名〉おいとま
私はただのＳＥＸフレンド？
だったら、別れたい。

〈件名〉何故？
何があったの、どうしたの？
何が気に入らないの？
本気でそう思っているの？

彼にとって私との今の状態は居心地が良いのは明らかだ。たまに彼女の部屋を訪ね、おもてなしを受け、抱き合って安心感を得られるなんて男にとっては最高に都合が良い。

そんな都合のいい女を演じるのは疲れてきた。私は彼に本音が言えなくなってしまっていた。

だんだんと不安が積もっていく。また昔のように捨てられるに違いないと思うと、自分から終わってしまったほうがずっと楽だ。

遅かれ、早かれ必ず別れはやって来る。それなら、まだ彼を想っている今がいい。

ひと月くらい前、再会理由【2】が出来なくなったら、別れるのかと聞いたことがある。

徹也はこう言った。

「ことりとはSEXが出来なくなったからと言って別れることはない。それなら、【2】だけが目的で再会したことになるから……。

俺はことりが好きだったから逢いたかったし、今でも好きだから、それだけがしたくて付き合いを始めたんじゃないからね。

ことりと居ると落ち着くし、心が穏やかになって安心できるんだ。

でも、一生ことりの面倒を見られるかって聞かれたら、それは無理だろう。

俺もことりも歳を取って病気になるかもしれないし、しばらくは今のままで気楽に付き合っていたい」

「……」

綺麗事のような言い分、男の勝手だなと思った。私は彼に面倒を見てもらうつもりは毛頭ないし、経済的に頼ることもない。

私が求めているのは、彼との47年間の絆をこれからも継続して分かち合いたいということだけなのにそれが叶えられないなら別れようと思った。

私はＲＩＮＥもメールも封印した。

VI 今を生きる

二週間後、彼からメールが来た。

〈件名〉ことりが好きだ
俺なりにいろいろ考えた。俺はことりが昔のままの俺の女で居心地がよかったと思っていたのかもしれない。

〈俺を筆頭に〉男って奴は本当に自分本位な生き物だとつくづく思う。

あれから、47年、ことりも俺もあの時のままじゃないんだと気づいた。

ことりはすっかり大人の女性になった。

俺と言えばアホさ加減は昔のままだが、もう64歳の爺さんだ。

ことりはそんな俺を優しく迎え入れてくれた。

ことりの辛さや我慢も考えず、自分よがりの想いで付き合っていたんだ。

でもこれだけは言わせてくれ、俺は昔のことりも好きだったが、再会した今は、今のことりが好きだ。

前にも言ったけど、ことりといると一番落ち着くし、安らげるんだ。

俺にはことりが必要なんだ。

〈件名〉私も同じ
てっちゃんのこと、昔のままのように思い描いていた。
でも、今のてっちゃんのどこが好きなんだろうって思うことがあって、私は昔の思い出を追いかけているだけで、今の相原徹也をきちんと見ていないような気がしていた。
私の脳がてっちゃんを追い求めているだけで、実際はどうなんだろうかと自問自答を繰り返していた。

時々、現実と幻想が分からなくなる。脳に刻みこまれ、DNAに染み込んだ私のてっちゃんへの想いはこれからも変わらないと思う。

たとえ、別の男性が私を受け入れてくれても、私は誰も決して受け入れられないだろうし、てっちゃんが別の女性を好きになって私とお別れしても私はてっちゃんを忘れることはないと思う。

だって、この47年間忘れたことはなかったから……。

てっちゃんでなければ駄目なの。

〈件名〉心のパートナー
俺はことりに甘えている。家族にも職場の連中にも見せられない俺の本心を、ことりならなんだって話せる、ことりだから甘えられる。ことりは俺にとってなくてはならない存在なんだ。
俺の都合で将来のことは約束出来ないし、ことりを幸せに出来る自信などない。けれど、お互いを束縛せずに、お互いの生活を尊重して、逢える時間を大切にすることが残された時間を充実させることだと思う。
俺たちにはあまり時間がないからね。

〈件名〉ありがとう
てっちゃんに甘えられて嬉しいよ。
てっちゃんの言うように残された時間を大切にしないとね。

普通のカップルなら一件落着だろうが、私たちは不倫の関係なのでどうだろう。このまま同じ関係で付き合うことは世間一般から言えば許されないことだろう。
「私たちのことを誰にも知られず、誰をも悲しませることがないように共に努力すること、先々の将来像は持たないこと」という決意を私たちは暗黙のうちに了解し合った。

私の小さな反乱があってから徹也はＲＩＮＥとメールを使い分けて送ってくれるようになった。

タイムリーにＲＩＮＥトークが出来る時や簡単な挨拶はＲＩＮＥで、込み入った内容の時はメール、朝晩のご挨拶はスタンプでという風に徹也と逢えなくてもそれらのやりとりだけで安心出来た。

相変わらず密会は月に一回程度、私の部屋で2～3時間過ごして、お互いの心の充電をしていた。マンネリと言うよりそれが日常の生活になっていたので、私はそれで満足していた。

一緒に外出して、同じ経験をして感動するようなことはないが、その代わりに彼は出張先で面白いものがあると写メールで知らせてくれ、気遣いをしてくれるようになった。

私も山登りをする時は行程の写メールを送ってはあたかも一緒に歩いているような彼とのバーチャル登山を楽しんだ。

共通の話題があることで傍にお互いが居なくても一緒に楽しめ、一緒に共感できることが絆を深めているようで嬉しかった。

この頃から私の仕事への向き合い方に変化が出てきた。勤務先はほとんどの患者さんが高齢者で長期入院の療養型の病院だ。

急性期の治療を終え、後遺症が残り、生活全般に介護が必要な状態だ。自宅での療養が困難な方もたくさんいらっしゃる。ここが終の棲家になる方もおられる。

長い闘病生活、それはご自身が望んだことだろうか、ご家族の希望だろうか、患者さんご自身の本当のお気持ちはどうだったのだろうか、いざという時のお話はご家族でなさったことはあるのだろうか。

私たち看護師が患者さんの最後を見届ける時、そこにご家族が間に合わないこともある。身寄りもなくたった一人で旅立つ方もおられる。そんな方をお見送りするたびにさまざまな思いが込み上げて来る。

私たちに出来ることは何だろう……。

誰もが一度は必ず死ぬ、それは神様が人間にくださった唯一平等な時間だ。

自分の最後はどうだろうか？長い人生が終わる時、「ああ、私の人生もまんざら悪くもなかったね、幸せだったよ」と思えるだろうか。

最後に徹也と会えなくても、徹也の死に目に立ち会えなくても私が徹也と過ごした時間は最高に幸せだったと伝えたい。

人間が最後の呼吸をする時、その吐息から幸せが溢れ出すことが出来るよう、患者さんに精一杯の癒しを届けることを私の看護師としての最後の仕事にしようと思う。

ある日のＲＩＮＥに「メールを見て」という通知が来た。メールの受信ホルダーを開いてみた。

〈件名〉ミステリーツアー
ことり、来月は日帰りで遊びに行かないか？　都合のつく候補日を何日か教えてくれないかな。
行先は秘密、当日までのお楽しみ。

〈件名〉どこ行くの？
土日は全部空いているよ。
てっちゃんと出かけられるなんて嬉しいな。
てっちゃんとなら天国でも地獄でも何処でもいくからね。

私たちは明石海峡大橋が見える海岸沿いの公園を歩いていた。そこは私が一年余り住んだマンションのすぐ近くだった。
「大阪に戻ってから一度も来たことがなかったな。この景色が大好きだったのに、ユキちゃんも喜んでいると思うよ」

「機会がなけりゃ来られないよ、ことりが好きな所を俺も見ておきたかった」

私たちはゆっくり歩きながら、たくさんのことを話した。

「もし、若い時に俺とことりが結婚していたらどうなっていたかな」

私は彼との結婚など考えてもいなかった。うちは貧乏で相原家とは釣り合いが取れないし、私は世間知らずで知識も教養もなかった。そして、お互いにまだ子どもだった。

「きっと上手くいかなかったと思うよ。私がてっちゃんと向き合えるまで47年の歳月が必要だったのだと思う。長い時間がかかったね。でもこの年齢で良かったと思う」

「そう思えるなんて、ことりは大人やな」

「大人を通り越して、お婆さんやね」

「俺はお爺さんか……」

私たちは大笑いした。

この時私は分かったような気がした。徹也が私と再会したかった理由……。私たちは本当の意味での「魂の伴侶」、彼の意識にはなかったかもしれないが、彼の魂が「伴侶」である私を探し出したのだ。

彼にとっての終活は、魂の伴侶をこの世で確認しておきたかったこと、そして来世へと繋ぐために準備をしておくことで安心して死を迎えることなのだ。

夕方、明石海峡大橋の向こうに夕日が沈む。この日はめったに見られない「だるま夕日」だった。

徹也はそっと私の肩を抱いてくれた。再会して私たちは外で会ったことは数回あるが、手を繋いだこともなく、私の部屋以外では他人行儀でいることが普通だった。でも今日は違った。そうすることが当たり前のようだった。

明日はどうなるか誰にも分からない。1年先のことなど考えるのは私たちには意味がないことだ。

今この瞬間《とき》を大切に生きるのだ。

初めて私たちが結ばれた茶室のガスストーブがオレンジ色に私たちを照らしていたように、だるま夕日が私たちを照らす。その夕日が沈むまで、私たちは肩を抱き合って静かに時が翳《かげ》って往くのを見つめていた。

［著者］
高生椰子（たかばえ やこ）
1958年　兵庫県洲本市生まれ、大阪市内で育つ。
1982年　看護師国家資格取得。
その後は病院、クリニック、訪問看護、会社の健康管理室等、さまざまな職場で勤務する。看護部長歴は14年。
2021年　医療現場での看護師歴に終止符を打ち、新たな人生を歩み始めた。
趣味は低山トレッキング、小旅行。

終恋《しゅうれん》—SHUREN—

2021年12月1日　第1刷発行

著　者　高生椰子
発行人　久保田貴幸

発行元　株式会社 幻冬舎メディアコンサルティング
〒151-0051　東京都渋谷区千駄ヶ谷4-9-7
電話　03-5411-6440（編集）

発売元　株式会社 幻冬舎
〒151-0051　東京都渋谷区千駄ヶ谷4-9-7
電話　03-5411-6222（営業）

印刷・製本　中央精版印刷株式会社
装　丁　幻冬舎デザインプロ

検印廃止

ISBN 978-4-344-93518-1 C0093
幻冬舎メディアコンサルティング HP
http://www.gentosha-mc.com/